13
英雄教室
CLASS ROOM ✿ FOR HEROES
With The Boy Of A Former Brave
新木伸
ILLUSTRATION
森沢晴行

学園を飛び出し
ビーチでバカンス!!

Summer Vacation
服と日常を脱ぎ捨て、
夏を満喫――！

CONTENTS

SHIN ARAKI PRESENTS
CLASS ROOM FOR HEROES
With The Boy Of A Former Brave

ダッシュエックス文庫

英雄教室13

新木 伸

ER INDEX

EARNEST FLAMING
アーネスト・フレイミング

誰もが怖れる学園の"女帝"。実質的な学園の支配者。名家の子女で、炎の魔剣の所有者。肉体を完全に燃やし尽くし"炎の魔人"モードになると戦闘力が飛躍的に向上する。

炎の魔剣《アスモデウス》

フレイミング家に代々伝わる魔剣。アーネストを真の所有者と認めてからは何かと力を貸してくれる。ちょっとお茶目なところもある?

BLADE
ブレイド

魔王を倒し、この世に平和をもたらした"元勇者"。勇者としての特別な力を失いはしたものの、素のスペックでも一般生徒と次元が違っている。本人の夢は「一般人」となることだが、"超生物"扱いを受けてしまう。

勇者力

勇者のみが使える、あらゆる物理法則を無視する奇跡の力。魔王との決戦で力を使い果たし、現在は使えない。

Cú CHULAINN
クーフーリン

ドラゴンベビーの人化した姿。ブレイドにワンパンで倒されて、刷り込みを受ける。「親さまー」と懐きまくり。半竜モードになったり、食べ過ぎると身体が大人になったりと忙しい。

竜形態

強敵との戦闘では竜の姿になる。尻尾を「ドラゴンジャーキー」としてアーネストに食べられることも。

SOPHITIA FEMTO
ソフィティア・フェムト

実力的にはアーネストに次ぐ学園のナンバー2。無表情かつ無感動かつ無関心の、クールビューティ。その正体は、勇者を越えるべく作られた『人工勇者』。

シスターズ

"人工勇者プロジェクト"で作成されたソフィのクローン。肉体は滅びたが、その魂はソフィの心の中に宿り、共に生き続けている。

IONA
イオナ

「王立禁書図書館」を守護するガーディアンだったが、ブレイドに何度もぶっ壊されて復讐を誓い、学園にやって来た。自爆する定めをブレイドに助けられて以来、マスターと呼び懐いている。

バーサーカー

ガーディアンの中でも、マザーとの回線が切断され、自爆機構すら働かなくなった異常個体のこと。見境無く人間を襲う。

MAO／MARIA
魔王／マリア

魔王と人間の母親との間に生まれたハーフ。絶大な力を持つが、普段は下級クラスの優等生・マリアの身のうちに封印されている。魔法の実力は学園でもトップクラス。自称ブレイドの"愛人"。

魔王力

"勇者力"と対をなす力。あらゆる物理法則を無視し、奇跡を起こす。今の魔王はまだこの力は使えない。

CHARACT

CLAIRE
クレア

女の子らしく心優しい少女。固有スキル「復元」を持ち、死んでさえいなければ瀕死の重傷も元に戻すことが可能。見た目のわりに怪力で、とげとげメイスで敵を撲殺する天使。最近、巨大化する技を覚えた。

LUNARIA STEINBERG
ルナリア・シュタインベルク

アーネストの最大のライバル。氷の魔剣を使いこなす天才。天才故、何をしても簡単にできてしまい、努力型のアーネストをイラつかせる。

氷の魔剣《ブリュンヒルデ》

《アスモデウス》と双璧をなす大陸に名高い魔剣。ルナリアは幼少のころより魔剣の正当な所有者として認められてきた。

YESSICA
イェシカ

クレアの親友。褐色の肌と健康的な色気が魅力の美少女。自由奔放でいろいろフリーダム。軽快な身のこなしと"鉄扇"という特殊な武器を使う。じつは学園に潜入していたスパイ（諜報員）だった。正体は皆にバレてしまったが、受け入れられている。隠し事がなくなっていますごく幸せ。

LENOARD
レナード

上級クラスに所属する槍使い。イケメンで優雅な口調だが、好意を寄せるアーネストには振り向いてもらえず、何かと不遇な扱いを受ける。あらゆる攻撃を10秒間だけ防ぐバリアを張れるなど、戦闘能力はちゃんと高い。

SARAH
サラ

風の魔剣シルフィードの所有者。アーネストの結婚を巡るドタバタでローズウッド学園に留学することに。剣聖の弟子で天才的な剣の腕を持ち、天真爛漫な性格。

CLAY
クレイ

上級クラスの数少ない男子の一人。真面目イケメン戦士。イェシカのことが好き。得意技は破竜穿孔（ドラグスマッシュ）。魔剣《ブリファイア》の所有者となってからは、破竜饕餮（ドラグイーター）も撃てるようになった。

ELIZA MAXWELL
イライザ・マクスウェル

飛び級で学園に入っている天才科学者。古代の超科学を研究し、有用なアイテムを作り出すことができる。さらに魔法の天才でもあり、魔法戦闘だけならトップクラス。

GILGAMESH SOULMAKER
ギルガメシュ・ソウルメーカー

ブレイドを学園に連れてきた張本人。かつて八ヶ国同盟を率いて魔王軍と戦った名君。……なのだが、学長に就任して以来、「実戦的訓練」の名の下に様々な無茶ぶりを生徒達にかますトラブルメーカー。

KASSIM
カシム

クレイドの親友。お調子者のアサシン。クレアのことが好きで、彼女の黒髪をよくガン見している。戦闘スタイルは、ナイフ二刀流の暗殺者スタイルで、毒をつかった武器や技が得意。

SEIREN
セイレーン

国王の側近で、国の宰相。ナイスバディな大人の女性。国王のことを"ギル"と呼ぶ。物腰は穏やか。でも怒るとすごく怖い。

DIONE
ディオーネ

セントール族の女性。勇者時代のブレイドと共に魔王軍と戦った将軍。英雄レベルの戦闘力を持つ。

第一話　「ぎぬろ道」

○SCENE・Ⅰ「その技覚えたいです！」

ぎぬろ。

いつもの昼すぎ。いつもの試練場。
土砂と瓦礫《がれき》の噴出が、風景を切り取るように鋭く立ちあがる。

「馬鹿なことやってんじゃないわよ！」
「ですわ！」

アーネストとルナリアが、カシムに向けて眼力砲をぶっ放す。
カシムはゴキブリのような地を這《は》う機動で華麗《かれい》に回避し、二人の足元から迫り――。

「神風の術っ！　ダイレクトインパクト――っ!!」

神風の術とは、カシムがスカートめくりをするときに用いる技である。王紋《おうもん》（不完全）によって都市機能をハッキングすることにより実現している。

そしてダイレクトインパクトとは、スカート直下で風を起こす技である。

直撃を食らったスカートは真上に巻き上げられ、まるで無防備な状態で下着をさらす。

――が。

女帝《エンプレス》二人はスカートを押さえることよりも、迎撃を選んだ。

二人の眼力砲が、動きを止めて鑑賞モードに浸っていたカシムを捕まえる。

連打。連打。連打。

秒間八発くらいを食らって、カシムは空中で何度も方向を変えながら吹っ飛ばされていった。

「ほー。いつもながら、すっげえなぁ」

額に手をあてて遠くを見つつ、ブレイドはそう言った。

試練場の反対側の壁まで吹っ飛んだ。壁にめりこんでいる。すごいすごい。

眼力砲——。

視界に捉えるだけで物理的破壊力を発生させる技である。その原理は——ちょっとよくわからない。

人から超生物だのなんだのと言われているブレイドであるが、この眼力砲だけは真似《まね》できていない。真似できるとも思えない。

「なに見てんのよ、ブレイド？　言っとくけど、タイツ穿《は》いてるから、パンツとか見えないからね」

アーネストが言う。

「ブレイド様。わたくしは清廉《せいれん》な白ですわ」

「見せんな！」

ぴらっ――とか、スカートの裾《すそ》をめくってきたルナリアに対して、アーネストからの物理的突っこみが入る。

「ブレイド様にでしたら、いつだって、どこでだって、どんなところまでだって、見せてさしあげますわよ……？」

白い太腿《ふともも》を自分の両手でさすりあげて、誘うような上目遣いで――ルナリアは言う。

……が、肝心《かんじん》のブレイドからは、まーったく反応がない。

ルナリアは、ため息を洩《も》らした。

「……ふう。やっぱりブレイド様は落ちませんわね」

「ごめんなー。なんでパンツ見たいのか、俺、わかんなくてー」

「普通の殿方《とのがた》でしたら、これで大抵一発ですのに」

「あんたそれだからビッチって言われるのよ」

「誰が言っているんですの！　こんな清楚《せいそ》なわたくしをつかまえて！」

「はいはい。清楚ビッチうるさい」

カシムのやっているスカートめくりも、その目的となる「パンツ」に関しても、なんら心が動かない。

ほかにも男の子的には、女子の「はだか」を見たがるものらしいが、そっちのほうもさっぱりだ。

いつも風呂《テルマエ》で見てんじゃん。

「男のひとって、そんなに、女の子のぱんつが好きなんですか？」

——と、そこへやってきたのは、サラだった。

弱冠《じゃっかん》十二歳のサラは、このローズウッド学園では、皆に可愛《かわい》がられる妹的ポジションにある。

クー、サラ、ブリファイア、マザー——が、ローズウッド学園における四大妹キャラとされる。

「こいつがパンツ好きだったら、苦労はないんだけどねぇ」

「そうですわねぇ」

「苦労……してるんです?」

「そうなんだ?」


しみじみとうなずくほうが、二名。アーネストとルナリア。

きょとんと首を傾《かし》げるのが、二名。サラとブレイド。

わからない側の二人のうち、サラのほうは、ほっぺたに指をあてて、しばらく考えこんでいたが……。

やがて大人の事情に対して、穿《うが》った見方へと、到達することができた。

「もしも、なんですけど。……ブレイドお兄さんがそういうひとだったら、お二人とも、好きになっていなかったんじゃないですか?」

「それはいえる」

「たしかに、ですわね」

女帝《エンプレス》二人は、同意を示す。

「いくら超生物といったってねー」

「カシムみたいなのは勘弁ですわ。いくら強いといったって。むしろあんなのがザコでなくて超生物だったら、世の中、大変なことになっていますわよ」

「セクハラ怪獣よね」

「ひどい言われようだなー。カシム。おまえ放蕩姫《ほうとうき》の同類扱いされてるぞー」

クーママは、〝チェリー〟とかゆー希少資源が大好物の怪獣である。

ちなみに、壁にめりこんだカシムは、まだ復活してこない。

「まあ、ブレイドはこんなだから、いいのよね」

「こんなって、どんなんだ？」

「そうですわねー。師として仰《あお》いだ人がセクハラ魔神だとか、ぞっとしますわー」

セクハラ魔神か。それは確かに嫌だな。

「でもこんなだと、手応えなさすぎて、困ったりしません？」

「だから、こんなって、どんなんだ？」

「ゆ、ゆっくりでいいのよ。ブレイドが普通の男の子だったら……、ほらっ、色々と急に進んじゃったりしちゃうじゃない？」

「いろいろと？」

サラは小首を傾げる。

「ほ、ほらっ、たとえばー……。えっちなことに興味津々《しんしん》だったりして？」

「ああっ」

サラは得心がいった。十二歳の少女にも、容易に理解できることだった。

つまり、男のひとは、みんな、ぱんつ好きなのだ。

「おおお！　俺！　普通！　普通！　普通すぎるぐらいフツーだからっ！　ぱんつ！　——は、いまはよくわからないけど。そのうち覚えるから！　ぜってーだから！」

話にいまいちついていけていないブレイドはそう言ったが、生暖かい微笑《ほほえ》みで返された。三人からの。

「けどめずらしいわね。サラちゃんがコイバナなんて」
「あっ。そだった。そっちの話はどーでもよくって」
「どーでもいいんだ」
「じつはさっきの技に興味があってー」
「さっきの技？」

アーネストは、すこし考えてみてから、わからない、とばかりに首を振った。

「なんか技なんて使ったっけ？」

「カシムさんをやっつけたやつです」

「やっつけ……はしたけど。なんか使ったっけ？　──ルネ？」

「さぁ。わかりませんわ」

ルナリアと顔を見合わせて、やっぱりわからない、と、首を傾げあう。

「この二人にとって、あれは息をするみたいなものだからなー」

ブレイドは割って入った。

アーネストとルナリアの二人は、サラの言うことがまるでわからないという顔だ。

「すごいです！　無意識であんな技を使えるなんて！」

「ある意味すごいよな。なんで人間があんな真似《まね》できるんだろうな。人のこと超生物とかいってるけど、自分たちだって、相当人間離れしてるじゃん」

「ねぇねぇ。さっきからなんの話してるのよ？」

「――ですの?」

「だからお姉さんたちの使っている技の話です」

「だから技って、なんの――」

「俺は〝ぎぬろ〟って呼んでるけど、みんなは〝眼力砲〟とか呼んでるな」

「ぎぬろ? 眼力? ……って、なに?」

「ああ。これのことですの」

ルナリアがやってみせる。ぱちんとウインクを飛ばすと、試練場の地面に人が入れるくらいの穴が開く。

「最近はたしかに意識せずに使っておりましたわね。眼力に物理的破壊力を乗せる技ですの。わたくしの師事《しじ》した者の話では、瞳術の一系統で――」

「なにルネ? あんなのわざわざ習いにいってたの? てか。天才のくせに人に教わってたんだー。ぷー、くすくすー」

「なっ――!?」

ルナリアは一瞬、息を呑《の》む。だがサラとブレイドの前だということを思い出して、逆上を抑える。

「……そうは言いますけど。ありていに言って、かなり難易度の高い技ですのよ。すくなくとも一流派が興《おこ》るくらいには」

「そうなの？」

「そうなんです」

やっぱりそうなんだ。

「――な？　そんな技、息するみたいに使ってんだぜ」

「すごいです！　すごいすごい！」

サラの称賛は素直で純真だ。誰でもこれで、ころりと転がされる。

「どうしたら私も使えるようになりますか!?」

「えー？　どうやって息をしているかって言われてもー……？」

「見ても使えるようにならない人に、どうやって教えたらいいのでしょう……？」

「サラちゃんも大概《たいがい》、一度見たら使えるようになってるわよね」

「わたくし……、いくつも技を盗まれましたわ……」

遠い目になって、ルナリアが言う。「一度見れば使える」の天才のお株は、サラに奪われて久しい。

「あの技。まえにお姉さんと戦ったとき、見せてもらったんですけど。あのあと練習しても、ちっともできるようにならなくて」

「まえ？　いつ？」

「ほらアンナ。あなたがサラちゃんに〝だいっきらい〟と言われて、初対面でいきなり決闘をやらかしたときですわよ」

「ああ。あのとき。いきなり本気で襲われたからよく覚えてないけど。たしかに使ったような気もするわね」

サラがアシュガルド王子に連れられてきたとき、サラは初対面のアーネストに、いきなり決闘じみた戦いを挑んだのだ。

「……ごめんなさい」

サラは頬《ほお》を赤くしながら、ぺこりと謝った。

「あのときは、アッシュを取られると思って」

「サラちゃんって、そうだったの？」

なにが〝そう〟なんだろう？

ブレイドは疑問に思ったが――。

「あっいえ、そうじゃなくて……。なんていうか、お父さんの再婚相手を一方的に嫌っていたような感じ……なのかな？」

「あー……、そっちのほうだったのね」

——なんか通じ合っているっぽい。〝そう〟ってなんなんだろ？　再婚なんていう穏やかでない言葉まで飛び出してきているが……。

ま。いっかー。終わったことだし。

「わたし、見ても覚えられなかった技って、はじめてだったんです」

「へー。そうなんだ」

「ぐっ……」

軽く流すアーネストと、深々とダメージを食らっているルナリア。

二人の対比がおもしろい。

「さっきも見てたけど、やっぱり覚えられなくて」

「ぐっ……」

不思議そうにしているサラと、深々とダメージを受けているルナリア。本物の天才とメッキの天才。こっちの対比も面白い。

「わたし思ったんだけど。天才って、あんまりたいしたことないのね」

「ぐっ……」

「わたし天才なんかじゃないですよ」

アーネストにちくりと刺されて、自称天才が深々とダメージを受けている。

そして自覚のないのが、真の天才というものだった。

「見たら覚えられるとか威張《いば》っているけど、それって言わば、見なければ覚えられないってことじゃない。天才っつーなら、見ないでやれるようになりなさいよ」

「無茶を言ってくれますわね……」

「見たら、あってきるんだ、って思えるけど、見ないでっていうと、発想の外にある技を思いつくのは難しそうです。お姉さんたちの技も、あっ視線って破壊力があるんだ、って思ったわけで」

「そう。〝ぎぬろ〟の話だったわね」

「そう。ぎぬろ?　——の話なんです」

「あれは瞳術・破虎斯勁《はくこかくけい》という技で——」

「で。ぎぬろの話なんだけど」

「で。ぎぬろの話なんですけど」

「ぎぬろ……でいいですわ。もう」

「うわぁ。そういえばアーネストお姉さん。はくこかくけいっていうぎぬろの技、見ないで知らないで出来るようになってたんですね。すごいすごいー。本物の天才です」

「そんなんじゃないわよ。天才っつーたら、そこにいるたそがれた顔のお嬢様のことで」

「いいですわ。もう」

「ぎぬろ——。なんだけど。教えてあげたいのは山々なんだけどー」


と、アーネストが言ったところで——。


きーんこーん、かーんこーん。

教練の終わりを告げる鐘が鳴った。

「ざーんねん。つづきは放課後ねっ」

アーネストはウィンクをした。

当然ながら、そのウィンクには破壊力は乗っていなかった。

○SCENE・Ⅱ「修行」

放課後。

準備万端整えて、わくわく顔で待っているサラのもとに、アーネストはルナリアを引きずるようにして連行してゆく。

ブレイドも眼力砲については興味があるので、ついてゆくことにした。

「いやですわ～、また盗まれるのですわ～、きっと一瞬で用済みにされてポイ捨てされるのですわ～」

「覚えがいいのは、いいことなんじゃないか?」

ブレイドはそう言ってみた。

「よくありませんわ～、わたくしがどれだけ苦労して身につけたと～」

「あんたいま苦労とかゆった？」

「言ってないですわ～、て、ててて、天才は苦労なんてしませんことよ～」

メッキが剝《は》がれきってぼろぼろの天才を、アーネストは引きずってゆく。どうにかサラのもとに出頭させる。

試練場の中央で待つサラは、待ちきれないのか、ぴょんぴょんと飛び跳ねている。

「あらかわいいじゃないの」

「かわいくなんてありませんわ～。天敵ですわ～」

「サラちゃん待たせたわね。この偽天才が抵抗したもんだから」

「に――!?　ニセとはなんですか！　ニセとは!?」

「じゃあ似非《えせ》。エセ天才」

「きーっ！」

ルナリアは地団駄《じだんだ》を踏んでいる。

「私！　教えてもらうの楽しみで！　放課後まで長かったー！」

サラは実技については上級クラスだが、座学は下級クラスにまじって勉強している。アシュガルド王子とあちこちを旅してきているので、妙なところで物知りだったりするが、学校に行っていないので、基本的な一般教養や常識面がばっさりと欠けている。

「じゃあ秘伝を伝授するわよ」

「はい！」

どんよりとしたルナリアをよそに、二人はやる気を漲《みなぎ》らせている。

「ぎぬろ、のコツは、気合いよ！」

「はい？」

「だから、気合いなの。気合いを入れて——こう！」

ぎん——っと、アーネストが目に力を込めると、睨《にら》んだ先の地面が爆発した。

着弾までノータイム。途中の過程を一切省《はぶ》いて、破壊という事象がいきなり出現している。

あいかわらず、へんな挙動の、へんな技である。

「きあい？　……ですか？　……こうかな？　……えいっ」

サラが目を細くする。だが見つめた先の地面は……。

しーん……。

「だめだめ。ぜんぜん気合いが入ってないわよ。こうなの。——こう！　——こう！　——さらにこう！」

ぼん、ばん、どばん、と、地面が立てつづけに爆発する。

「きあい、っていうの。……よくわかんないです」

「へっ？」

「だからきあい、っていうのが」

「なにがわかんないって？」

「きあいを入れる、って、どうやるんですか？」

「えー っ……？」

理解不能、という顔を、アーネストはした。

「だから気合いよ。気合いを入れるのよ」

「きあい、って、そもそもなんですか？」

「えー っ……？」

アーネストはフリーズした。ようやく、相手がなに言ってんのか、わかった。

「気合いって……、つまり気合いだから……、ええと、なんて言ったらいいの？　やるぞー！

——とかいうキモチ？」

「やるぞー！　……。……出ません」

「いや口で言っただけじゃダメよ……。だから本気で気合いを入れなくちゃ」

「それ。堂々巡《どうどうめぐ》りしてんぞ」


ブレイドは口を出した。

気合いで生きているような彼女にとって、説明するのは難しいようだ。

いやこの場合……。「ような」は、本当にいらないのか……。


アーネストとルナリアの二人は、炎と氷の魔人モードに変身するとき、じつは肉体的には、一度死んでいる。

炎に焼き尽くされ、あるいは凍りついて粉々に砕《くだ》け散っているのだから。

変身を解除するときには、肉体を再構築している。

変身前に大怪我《おおけが》をしていても、一度変身して戻ることで、怪我がきれいさっぱりなくなっていたりする。

全身が再構築されているので、髪の毛なんかも、生まれたての赤ちゃんみたいにさらさらに戻るらしい。女子たちが羨《うらや》ましがっている。

だからつまり、二人は、本当の本当に、まったく言葉通りの意味において、〝気合い〟によって存在しているわけだ。

「おまえら、じつは非常識な存在だったんだな」

「なによ、いきなり突然？」

「よくわかりませんけど。これと一緒にされるのは、甚《はなは》だ、不本意ですわ」

「これってなによ」

「アンナ。教えるのならちゃんとお教えしなさい。きちんと言語化して、気合いを言葉によって定義なさいな」

「えっ？　気合いは、気合いで……？」

「話になりませんわね。マッチョゴリラ。この山猿」

「ゴリラ……、山猿……」

「いいですか？　サラさん。この言葉の通じない山猿が〝気合い〟とか称しているものは、いわば精神の力のことです。なにかを考え、ああしよう。こうしよう。なにかをしようという心の働きを〝意思〟と呼びます。さらにその〝意思〟を強くしていき、決して曲がらず貫き通すほどに高めたものを〝意志〟と呼びます。この山猿が気合いと称するものは、〝意志〟のほうです」


ルナリアの説明は、ブレイドをして、ほーと思わせるものだった。

サラを見ると、こくこくとうなずいている。


「それって、いろいろな武術で〝殺気〟とか〝覇気《はき》〟とかいわれるもののことですか？」

「そうとも言いますわ。殺す――という明確な意志をぶつけたものが殺気ですので」

「あー、そっかー、だからわかんなかったんだー」

「といいますと？」

「それ、〝頑張る〟のと似ているカンジですよね？」

「まあ近いものですわね」

「風の剣って、頑張るの、禁止なんですよ。殺気も覇気も発しません。出したらだめです」

「あら？」

「アッシュ——お師さまが言ってます。風の剣は自由の剣。頑張るんじゃなくて、楽しむんだって。頑張っちゃったら、楽しくないじゃないですか。それはだめなんです」

「えっ？　修行って、辛《つら》くてきついのを、頑張って乗り越えるものなんじゃないの？」


アーネストが目をぱちくりとさせている。きょとん、とした顔をしている。


「ええ。だから修行したらだめなんです」

「えええっ!?」


修行モンスターは、驚いている。


「しゅぎょう……、しなくて？　どうしてつよくなれるの？」

「剣で楽しく遊ぶんですよ。風の剣では」

「あっ……、ああっ！　風の剣の話ねっ!?　炎の剣とか氷の剣は、違っていていいのよね？」

「さぁ？　そっちのほうは、よくわかんないです」

「氷の剣は、感情を殺した凍《い》てつく心が、その基礎にありますわ」

「炎の剣は、燃え盛る気迫が大事なのよね。——ていうか、氷の心？　あんた、わたしと戦うとき、感情剝《む》き出しじゃない。あれのどこが氷の心なのよ？」

「ええもう。それはそれは。殺意がマックス値で振り切って、平坦で凍りつくほどに」

「ええっ!?　殺意——!?　ちょっと傷つく!?」

「ふふふ。気にすることはありませんわ。好意と殺意は裏表の関係でしてよ？　アンナ？」

「そういやあんたって、昔、わたしのこと、めっちゃ嫌ってたっけ」

「いまでも嫌いですわよー。だいっきらい、ですわ」

「あの、イチャつくのはあとでお願いします」

「あっ、はい」


おおう。いまのはイチャついていたんだ。女同士でもイチャつくんだ。できるんだ。


「それで、殺気を出せばいいんですか？」

「正確にいうと殺気とも違うんだけど。もっと根源的なものなんだけど。まあともかく、やっ

てみたらいいんじゃない？」

「殺気……。殺気……。できるかな？　……えいっ」

　サラはアーネストを見つめながら、力んでみせる。


「……ん？」

「えいっ。えいっ」

「……なんかしてる？」


「殺気？　……を込めてみたんですけど」

「もっと本気で、もっと真剣に、もっと切実に思わなければ、意思は意志にまで昇華しませんわよ」

「そうですか」

「この世から消えてなくなれッ！　ブッコロス！　――はい、リピートアフターミー」

「ぶ、ぶっころす……」

「ちょ――!?　ちょっとルネ！　あんたそんなこと思ってたの!?」

「わたくしのモノにならないのでしたら、いっそ消えてなくなれぇ――ッ！　――はい、リピートアフターミー」

「きえて？　なくなれ？」

「ちょ――!?　ちょ――!?　ちょ――!?　子供になに教えてんの！　ていうかなにそれ!?　重たいんですけど――!?」


アーネストは慌てている。


「これで本当にできるようになりますか？　――しねぇぇ」

「わたくしの〝ぎぬろ〟は、こうした感じですけれど？　――山猿うぅゥ！　カタツムリぃイイ！」

「やめてってば。悪口大会じゃないのよ」

「メスゴリラぁ」

「なんだとぉぉ!!」

ブレイドもついでにやってみた。〝ぎぬろ〟――と返ってくる。

「お兄さん。それはハラスメントだと思います」

「ブレイド様。ゴリラはともかく、メスはないかと思いますわ」

「ええーっ……、ごめん」

「いいけど」

「ブッコロス!! ――じゃないほうは、いまみたいに、なんだとおぉ!! ――ってやってみればいいんでしょうか?」

「そうそう。たとえばカシムにスカートめくられたときの感じとかね」

「カシムさんに……、スカート……」


サラはすっげえ嫌そうな顔になった。


「さいってー……」

「そう！　それよ！」


アーネストが拳を握る。力をこめる。

「その気持ちを目力に変えてッ！　いま必殺のッ――!!」

「最ッ低ーッ！」


視線の先で、びしっと、小石が弾けた。


「いける！　いけるいける！　いまちょびっとなんか出た！　サラちゃん！　その感じよ！　はいもう一回！」

「カシムさん！　最低ですッ！」

「いいわよ、いいわよーっ！　その調子よーっ！」

「さ、いっ、てい、っー――!!」


いままでで一番、威力が出た。

人が縦回転するぐらいの出力は優にあった。まだまだ二人のように大穴が掘れるほどではないが――。

「ブレイドもやってみなさいよ。ほらっ、カシム最低ーっ！」

「いやぁ……」

ブレイドは困った。カシムのスカートめくりに関しては、あまり最低だとか思えず……。なにが良いのか。なぜ命を張れるくらい頑張れるのか。いつかそのうち教えてもらいたいと思っていたところで……。

「カシムすげーっ！」

「ちがうでしょ」

ぱしんと、頭をはたかれる。そして当然ながら、〝ぎぬろ〟は出なかった。

元勇者でも、超生物でも、〝ぎぬろ道〟は遠い道のようだった。

○SCENE・Ⅲ「修行の成果」

「ちょ、ちょっ——ちょちょっ！　なんでオレが！」

連続で発射される〝ぎぬろ〟を、ひょいひょいと、キッチンの黒光りするヤツのように華麗《かれい》に避けながら、カシムは声を張りあげて抗議を返す。


「なんでオレが標的なの！　なんで狙われてんの！」

「カシムさん！　サイテーッ！」


ぎぬろ。ぎぬろ。ばずん。ぼずん。

試練場の地面に穴だけが開く。


「オレがなにをしたーっ！」

「普段からスカートめくりしてんでしょーが。なんとかの術ーっ！　とかいって」

「いまはしてねえっ！　サラちゃんにはしてねえっ！　──そりゃロリ枠《わく》っーても！　最近あちこちぷくりとしてきて！　食べ頃な感じになってきたからッ！　オレも食べず嫌いはどうかって思っていたけどもーっ!!」

「サイテーッ！」

サラが叫ぶ。半分悲鳴だ。

「でも実際に手は出してないだろーがー！　イエスロリータ・ノータッチって知らんのかーっ！」

「さいっ、ていっ――――！」

「でもいま標的役になってんのは、隙《すき》があったら、サラちゃんのスカートめくっていい――って言われたからよね？　その条件で、ノリノリで引き受けていたわよね？」

「おう！　スカートめくりマイスターとしてッ！　そこにめくれるスカートがあるならば！　たとえロリっ子のスカートでもめくるともッ！」

「サラちゃん、やってよし――遠慮《えんりよ》なしで。容赦《ようしや》もなしで」

「最低ッ！　最低ッ！　最低っ！」

サラの〝ぎぬろ〟が連発で炸裂《さくれつ》する。

キッチンの黒光りするヤツの鋭さで、カシムが避ける。

〝ぎぬろ〟の実戦的練習（？）は、実技教練の時間いっぱい続いた。

完全に物になったと思われた、サラの〝ぎぬろ〟だったが――。思わぬところに弱点が見つかった。

◇

カシムを相手にしたときしか、発動しなかったのだ。

〝ぎぬろ道〟は、本当に、奥が深い――。

第二話　「不死身のマシンの弱点」

○SCENE・I「イオナの場合」

「おはようございます。マスター」

「ん……」

朝。窓の外から聞こえてくる、ちゅんちゅん、という鳥の声をBGMに、まどろんでいたブレイドは、揺り動かされて、ゆっくりと意識を浮かび上がらせた。

「マスター。まだおねむさんですか。クーはもう起きて遊びに行ってしまいましたよ」

なんか声が聞こえてくる。

「マスター。マスター。起きないといたずらをしてしまいますよ。……了解が得られたと解釈します。では――ハァハァ」

元勇者のセンサーが〝危機〟を感じ取り、ブレイドは一瞬で意識を覚醒《かくせい》させた。

同時に、覆《おお》いかぶさってくる相手をかわして、ベッドの外に身を投げた。

「ちっ。反応がさすがですね。マスター。ちっ。ちっ」

獲物を逃した顔のイオナは、二度も三度も、わざとらしく舌打ちを重ねている。

「なんだこれ？」

ほっぺたがなぜか濡れていた。寝間着《ねまき》の袖《そで》で拭《ぬぐ》う。

「それは私のヨダレです」

「うわぁ。ばっちい」

「ばっちくはありません。私は人間ではありません。あらゆる身体部位と、そして分泌《ぶんぴつ》される潤滑液《じゅんかつえき》は無菌かつ清潔です。よって、ばっちいなどあろうはずがないのです」

セクハラマシンは、なにか屁理屈《へりくつ》をこねている。

「うわぁ。染みまでついてんじゃん」

ほっぺただけではない。寝間着の胸元がぐっしょりと濡れていた。しかも生乾きだ。

「マスターの寝顔を直上から見守る役目を、誠心誠意、果たしていましたので。それはもう、夜の間、ずっとです。——なので若干《じゃっかん》のヨダレは仕方がないといえます。不可抗力《ふかこうりょく》です」

セクハラマシンは、またなにか屁理屈をこねている。

夜中の間、ずっと、覆いかぶさってきていたのか。絵面《えづら》がこわいぞ。

元勇者の危機察知センサーは、危険のないものには反応しない。よって見守ってくる相手と、垂れてきたヨダレには反応しない。

ブレイドは、ぐっしょりとした胸元に、鼻を近づけてみた。

生乾きのヨダレというものは――。

「うわぁ。くっせえ」

なにが衛生的だ。きちんと臭《くさ》いじゃん。

「く、くさい……」

イオナは、ショックを受けたような顔をしていた。

顔だけを見ると、「がーん」てな感じ。

だが、そんなはずがないのだ。

このポンコツガーディアンは、不死身で――。それは身体的な意味に留まらず、メンタル面においても不死身で──。

およそ、どんなことを言われてもけろっとしているのだ。

それがこんな、たった一言を口にしただけで、動きが固まるほどショックを受けるなんてことは──。


「くさい」

「うっ……」

「おまえ。くさいぞ」

「そ、そんなはずは……」


やっぱり本当にダメージを受けている。

ブレイドは、おもしろくなってきてしまった。


「くさい。くさい。くっさい」

「うっ。うっ。うっ……」

「くちゃい。くちゃい。近よんな」

「おっ、おっ、おおっ……」

不死身のセクハラマシンは、沈没した。
ベッドのシーツにうずくまって、布団をひっかぶってミノ虫になった。

ふははは！　勝った！

ブレイドは勝利の喜びに打ち震えた。
セクハラマシンに、たった、一言、二言――。
なんと！　言葉だけで勝ってしまった！

「じゃ俺、ガッコ行くからー！」

勝利の余韻《よいん》に浸りつつ、ブレイドは登校した。

○SCENE・II「クレアの場合」

肩で風を切るようにして、歩く。

見慣れたはずの風景が、なにか違って見えてくる。

出会う皆に対して、いつもの五割増しくらいの元気さで、「おはよう！」とやっていると、校舎に向かう途中のクレアと出くわした。


「あっ。ブレイド君。おはよう」

「おっはよーっ！」

「……？　朝から元気だね」

「ああ。イオナをやっつけて、気分がいいんだ」

「やっつけたの？　ええっと……？　よかったね？」

「おう。ありがとーな」

何気ない会話を交わすうちに、ふと、ブレイドは、とある匂《にお》いに気がついた。

「あれ？　……この匂いって？」

ぴくりと肩を震わせてから、クレアは小さめの声で早口に、しかし、しっかりと聞こえるだけの声で、言葉多めに話しかけてきた。

「気づいた？　気づいちゃった？　あ……、あのね。そのねっ。じつはねっ。ちょっとだけね。香水、っての、つけてみたんだ……。ちょっとだけだよ？　ほんの一滴だけだから。このくらいの歳《とし》の女の子としては……、ふ、ふつう……みたいだし？」

「くさいな」

「ひっ……」

クレアは、短く声を詰まらせる。

ブレイド的には、慣れない匂いを、なんと表現していいのか迷ったあげく、そう言ってみただけだったが――。

単にボキャブラリーの不足だった。

同種の匂いを、女医あたりから感じることはあり――。その際には、あまりの強度に「くせえ」と思ったこともあり――。

なので、そんな言葉が、つい口から出てしまった。

それだけのことだったのだが――。

「ご、ごめんね……。くさいね。くさいよね。くさかったよね。だめだよね。あっごめん離れるね。くさくないように十メートルは離れているから。じゃあね。ほんとにごめんねブレイド君」

「あれ？　えっ？　おい？　……って？　おーい……」

クレアは声をかける間もなく、離れていってしまった。

十メートルどころか、とっくに見えないところに行ってしまっている。

「あれぇ？」

ひとり取り残されたブレイドは、ぽりぽりと頭を掻《か》いた。
べつにクレアをやっつけるつもりはなかったのだけど。
ま。クレアの誤解は、あとで解いておくとして――。

それよりもブレイドには、思うところがあった。
「くさい」という言葉の破壊力。その威力についてだ。

これはひょっとすると、凄《すご》い大発見なのではあるまいか……？
なにか物凄い「パワーワード」を発見してしまった……。

○SCENE・Ⅲ「イェシカの場合」

昼休みがやってきた。

昼食のあと、ブレイドはいつものお気に入りの場所にいた。
中庭の芝生《しばふ》のうえでくつろいで、日向《ひなた》ぼっこをしている。

すこし離れた植えこみのあたりから、視線を感じる。
クレアだった。

こっちにくればいいのに、ああやって遠くから様子をうかがってくるのだ。
朝からずっと、誤解を解こうと思っているのだが、ああして一定距離を保たれてしまう。十メートル以内に、決して近づかせてもらえない。

「ブレイドくーん、クレアのようすが、なにか変なんですけどー」

——と、イェシカがやってきた。
さすがに相棒の様子がおかしいと思ったのだろう。

「いやぁ……」

ブレイドは言葉を濁《にご》した。

「なにか変なことでもした？」

イェシカは自然な感じで膝の上に座りにきた。

「へんなことって？」

「うりうり。お姉さんに言ってみ？　言ってみー？」

ブレイドの首に腕を絡めて、胸を押しあててくる。

アーネストとかの目がないときには、わりといつも、イェシカはこんな感じ。

なぜ膝の上に座りにくるのか。クーぐらいならともかく、イェシカくらいあると、重いんだけど。

普段なら、ここで「重いよ」とでも口にするところ。

だがブレイドは、ふと思いついた。

スルーされてしまういつもの苦情のかわりに、今日見つけた「パワーワード」を口にしてみたら、どうなるのだろうか？

「くさいよ」

「イッ――!?」

イェシカの反応は、劇的なものだった。

「えっ!?　あ……、あの？　……どうで？」

仮面が取れたみたいに、イェシカは素で慌てている。

ブレイドは、もう一度、言った。

「くさい」

「ごめん」

ぴょん、と、飛び跳ねる勢いで、イェシカは膝から降りた。

おお。いつも苦情を言ってても完全スルーだったのに、一言で降りてもらえた。やはりこれは「パワーワード」だ。すごい効き目だ。効果は抜群《ばつぐん》だ。

イェシカは手の届かないぐらいの距離に離れたあと、自分の腕をくんくん、肩をくんくん、嗅《か》いでいる。寄せて上げておっぱいのあたりを嗅ごうとして――はっと、顔色を窺《うかが》うように、こっちを見た。

「くさい」

もいっぺん、言ってみる。

「あははははーー！　し、失礼しましたぁーー！」

イェシカは、ぴゅーと物凄い勢いで走っていってしまった。クレアが控えていた繁《しげ》みに飛びこんでゆく。

きゃっイェシカなんで降ってくるのっ、わきが？　わきが？　わきがだったりするっーーとか、なにやら聞こえてくる。

しまった。効き過ぎた。

だがやはりパワーワードはすごい。

○SCENE・Ⅳ「クーとマオの場合」

放課後。

ぷらぷらと道を歩いていたブレイドは、クーとマオの二人に出会った。

ふたりとも服はぼろぼろ。服にも顔にも汚れがついている。

「親さまー！　いっぱい遊んでもらったのじゃー！」

たたー、と駆けよってきたクーが、ひしっと腰のあたりにしがみついてくる。

教練が終わってから、見ないなーと思っていたら、マオに遊んでもらっていたらしい。

マオはあれで母性本能（？）が強いようで、小さい子の面倒をよくみている。ひょっとしたらマリアが混ざりつつあるのかも？

ちなみに魔獣にとっての〝遊び〟は、人にとっては〝殺し合い〟ぐらいの意味となる。

顔や服についている汚れは、土と血が混ざったものである。

「親さまー」

クーは腰のあたりに、ひしっとしがみついている。

ブレイドは、ふと思った。「パワーワード」は、魔獣にも効くのだろーか……？

「クー、おまえ、くさいぞ」

言ってみた。そしたら、クーの顔色が、さっと見てわかるほどに変わった。

「そ、そうかの……？」

肘をくんくん、腕をくんくん。イェシカみたいなことをやっている。さすがにおっぱいはないので、そこは嗅がない。

「ブレイド。小さくともレディであるぞ。もうすこし気を遣――」

そう言ってきたマオに向けても、パワーワードを使ってみる。

クーが魔獣ならマオも魔獣だ。

「おまえもくさいぞ」

「……!?」


「お、お、お……親さま！　我は、て、て、て……風呂《テルマエ》に行ってくるのじゃ！」

「そうか。じゃあ一緒に――」

「ひとりで行ってくるのじゃ！　マオも行くのじゃ！」

「う、うむっ！　一緒しよう。一緒するぞ。ぜひ一緒に」

「頭を洗ってほしいのじゃー！」

「洗ってやろう。よし行こう。すぐ行こう」

クーはマオと連れ立って、風呂《テルマエ》に行ってしまった。歩きかたが妙に不自然で、ぎくしゃくしている。

しかしクーよ……。それは一人とは言わないだろう？　頭洗ってもらうんだよな？

ま。いっかー。

○SCENE・V「イライザの場合」

夕飯のカツカレーをたっぷりと堪能《たんのう》して、部屋に戻る途中——。

ふらふらと廊下《ろうか》を歩く、夢遊病者あるいはゾンビみたいなあのシルエットは、イライザで間違いないだろう。

「や。ブレイド氏」

立ち止まって眺めていたら、数秒も経ってから、ようやくイライザはブレイドに気がついた。

「だいじょうぶ?」

ブレイドは思わず、そう言っていた。

「なにがですか？　……研究がキリのいいところまで終わったんで、カロリー補給をしておこうかと思いまして」

「もう食堂、閉まってるかもよ？」

なにせブレイドが、追い出されるまでカツカレーを食べていたわけであるから……。

「かまいませんよ。マダムに言って、残り物でも、なんでももらいますので」

「そっか」

マッドサイエンティストは、味には、まるでこだわりがないらしい。

以前、小麦粉と砂糖とその他諸々《もろもろ》を固めて作った「カロリーバー」なる携行食を披露していたが、試食した皆からは、大不評だった。マッドサイエンティスト業界では定番の食事らしい。

戦時中の兵士にも便利そうなんだけどな。あれ。

「あっと」

「おっと」

イライザが急にふらつく。ブレイドは、その肩を抱くようにして受け止めた。

「ほら、ふらふらしてる。飯はちゃんと食わないとだめだぞー」
「あっ、ちょっ……、だ、だいじょうぶですから……、は、離して……」

抱き合う距離に近づいたことで——ブレイドは、あることに気がついた。

「くっさ」
「……ひう」

イライザは、短く、声をあげた。
絞《し》め殺されるときの鶏《にわとり》があげるような、へんな声だった。

うん。今回に関しては、パワーワードとか関係なしに、普通にくさい。

ぴょんと、イライザはブレイドから離れた。

「け、研究が忙しくて――！　そ、そういえば――数日、風呂《テルマエ》に行っていませんでしたねー！」

「数日？」

疑わしげな目で、イライザを見る。

そんなもんじゃないだろう？

「け、研究も一区切りついたところですからっ！　風呂《テルマエ》にでも行ってきましょうかねーっ！」

すたこらさっさと、イライザは歩いていってしまう。

あれ？

飯を食うんじゃなかったっけ？　風呂《テルマエ》に行ってからだと、さすがに食堂は完全に閉まっているのではなかろうか。

ま。いっかー。

○SCENE・Ⅵ「ソフィの場合」

「あっ。いたいた。おーい、ソフィー」

もうこの際だから、身近な女子全員で確認してみようと思った。

部屋を訪ねたら、ソフィはいなくて——。

向こうもなにやらこちらを探して歩き回っているとのことなので、歩き回っていれば、どこかで出会えると思っていた。

おたがいにうろうろとしていたわけだ。

遭遇《そうぐう》したのは、中庭の噴水のところだった。

石のベンチに隣りあって腰を下ろす。

「よかった。さがしてたんだ」

「私もよ」

風呂上がりなのか、青い髪の毛がしっとりとしている。

「ソフィもか。なんで？」

「ブレイドの用事のほうが先でいいわ」

「ソフィのほうが先でいいよ」

「いえ。ブレイドのほうが……」

そこまで言って、二人で気づいて、笑いあう。

これだと永久に話が進まない。

「さっきまで風呂《テルマエ》にいたんだけど……」

と、ソフィは話しはじめる。自分の前髪をつまんで指で弄《もてあそ》ぶ。

「イオナとクレアとイェシカとクーとマオが……、へん」

「どう、変なんだ？」

「ずっと体を洗っているわ」

「あれ？　そのみんなって、夕飯のとき、いなかったよな？」

「ずっと洗っているみたい」

「ずっと？」

「イオナなんて、朝からずっといるみたい。なにかぶつぶつとつぶやきながら、様子がおかしい感じで……」

「なにをつぶやいているんだ？」

「清潔で無菌でハイスペックが、どうとか言っていたわ」

「なんだそれ？」

「瞳孔《どうこう》も消失していたわ」

「なんなんだろうな？　本当に」

「心当たりはない？」

「俺が？　なんで？」

「あとイライザもやってきたわ。イオナみたいに、ぶつぶつ言いながら、体をごしごしと洗いつづけていたわ」

「垢《あか》がごっそり取れてたろ」

「ブレイド。本当に心当たりはない？」

咎《とが》めるような目を向けられて、ブレイドは困ってしまった。


「なんの心当たり？」

「みんながへんな理由」

「えー……？」


皆が急に風呂好きになった理由なんて、自分にわかるはずもない。


「さぁ……？　わかんないなー」

「そう……。ならいいわ」

「それで、ブレイドの用事って？」

「ああ、そうだそうだ」

「なぁソフィ」

「うん？」

「くさいよ」

「……」


ソフィは、一瞬、大きく目を見開いて——。

「……！」


ベンチの反対の端まで、ずさっ——と、飛びすさった。

うおぅ。凄《すご》い超反応。

やっぱり「パワーワード」は凄い効き目だー。すごいすごい。


「あれ？　ソフィ、どこに？」

ソフィがベンチから立ちあがっていた。

「もういちど、風呂《テルマエ》に行ってくるわ」

「……？　そうなんだ？」

風呂は出たばかりだったはずなのだが……？

「用事は、もういいの？」

「うん。理由は、わかったから」

「わかったんだ」

あれで？　いつ？　どうやって？

「ブレイドが……、幸せそうだから。それでいいの」

「うん？　俺？　幸せそう？」

聞こうとしたけれど、ソフィはもう行ってしまった。

たしかに凄い「パワーワード」を見つけて、ご機嫌ではあるけれど。

ま。いっかー。

最後に残った者たちを探すために、ブレイドは歩きはじめた。

どこでなにをしているのか、だいたい見当はついている。

○SCENE・Ⅶ「女帝《エンプレス》たちの場合」

「はぁ……、はぁ……、はぁ……」

「ふぅ……、ふぅ……、ふぅ……」

竜虎《りゅうこ》相搏《あいう》つ。つわものどもが夢の跡。……その終わり際の現場に、ブレイドはやってきた。

灯りが半分落ちた試練場の中央で、アーネストとルナリアの二人は、かろうじて倒れずに立っていた。

「……引き分け、……ですかしら？」

「……そうね、……悔《くや》しいけれどね」

おたがいに好敵手《こうてきしゅ》に向ける顔をして、不敵に笑う。

国王のやつがいたら、「青春である！」とか大絶賛しそうな感じ。

「も。変身できないしね。――あんたもでしょ？」

「あら。わたくしはやろうと思えば、できますわよ？」

「うそおっしゃい。やれるっていうなら、やってもいいのよ？　あんたがやれるってことは、わたしもできるってことなんだから」

「ふふふふふっ」

「あはははは っ」

二人、いーい感じに笑いあっている。

二人は定期的にこうして実力を確かめあっている。

傍目《はため》からは果たし合いか決闘か、というように見えるのだが、当人たちにとっては、じゃれあいぐらいの感覚らしい。

はじめは周囲も気にして、止めたり見物にきたりしていたのだが、最近ではすっかり慣れっこになって、こんなふうに誰も見ないところで決闘（?）は執《と》り行われている。

二人の目には、おたがいしか映っていない。ギャラリーの有無など、眼中にない。


「よ。頑張ってるな」

ブレイドは見つめ合う二人の視界のなかに、ひょいと、踏みこんでいった。


「ぶ、ブレイドっ――!?」

「ブレイド様っ……!」

二人はあわてて体を隠す。変身が解けた後だから、必然的に、マッパだった。

手で体を隠しながら、アーネストは物質化《マテラライズ》で生みだした暗黒物質で服の切れっ端のようなものを作り、ルナリアのほうも氷の小片をなんとか散らして部分的に体を覆《おお》う。

「もう、なによ、覗《のぞ》いてたの？」

「いや、いま来たとこ」

「見てよ。わたし。勝ったわよ」

「うそおっしゃい！」

「いーや、あれはわたしの勝ちだった。わたしが止めなきゃ、あんた、焼け焦げて、炭になった焼き魚みたいになってたわよ」

「それをおっしゃるなら、貴女《あなた》こそ、氷の彫像になっておりましたわよ。美しければまだ美術的価値もあるでしょうけど、山猿の彫像では、誰も買い手はつきませんわね」

「あー……、俺、〝引き分けですかしら。悔しいけれどね〟ってあたりから、いたのでー」

ブレイドは、そう申告した。

うん。知ってるよ。

「そなの?」

「んまぁ」

張りあうのが大好きな二人だが、ネタが割れては、さすがに無理だ。

「もう……、なんなのよ?　恥ずかしいんですけど」

「ブレイド様……、あんまり見ないでくださいまし……」

落ちついた二人は、体を押さえてそう言う。隠せていそうで、隠れきっていない。いろいろなところが……。

完全なマッパならなんとも思わないのに、半端に隠れたこの状態には、なにか感じるものがある。

ブレイドは、カシムあたりが言うところの〝エロい〟を、ついに会得《えとく》した。……気がする。

「ねえ?　なんか用なの?」

胸と股間《こかん》を手で覆いつつ、アーネストが言う。ブレイドは用件を思い出していた。

「ああ、そうだった」
「なんですの？」

聞いてくるルナリアに、ブレイドは――言った。

「くさい」
「ひっ!?」

やはり劇的な効果が生まれた。びくんと身を跳ねあげたルナリアは、ブレイドから、一メートル、三メートル、五メートルと、段階的に離れていった。
八メートルぐらいのところで、ジャンプのあとで土下座《どげざ》状態で着地を決める。
「ももも――もうしわけございません！　お見苦しく！　いえっ――お嗅《か》ぎ苦しいものを見

せ――出してしまいました！」

ルナリアは変だった。言ってることが変。

「ししし――失礼しまぁっす！」

ぴゅーっと、ルナリアは逃げ去っていった。

「なんなの？　あれ？」

アーネストが不審なものを見るかのように、ルナリアのいなくなった方角に眉《まゆ》を寄せている。
そのアーネストにも、「パワーワード」をぶつけてみる。

「くさい」

「そ」

アーネストの返事は、素っ気ないものだった。

あれ？　聞こえていなかったかな？

ブレイドは、もういちど、きちんと言ってみることにした。

「おまえ。くさいぞ」

「あったりまえでしょ。汗かいてんだから」

「あれぇ？」

効かない。「パワーワード」が効いてない。

「くさい」

「あっそ」

「くさい」

「だからなによ？」

「くさい」

「うっさいわね」

アーネストは、襲いかかってきた。

のしかかられて、引き倒されて、マウントポジションを取られる。

「ふふふふっ……。もお、動けない」

ブレイドの上に乗って制圧を完了すると、アーネストは、楽しそうに笑う。

「あんただって体臭ぐらいあるんでしょーが」

近づけてきた顔を、ブレイドの首筋のあたりに埋める。

「うふ……、オトコ臭《くさ》い」

そういや今日は色々あって、まだ風呂《テルマエ》に行っていない。

そのにおいを嗅がれる。

「うわ、ちょ……やめ」

なんだか突然、恥ずかしくなってきて、ブレイドはじたばたと暴れた。
しかしマウントポジションというものは、そう簡単に跳ね返せないものである。

「ふふ……、くさい、くさぁい、オトコくっさぁい……」

くんくん、ふんふん、すんすん、においを嗅がれる。
そして「パワーワード」を耳元で囁《ささや》かれる。

やーめーてー……！

ブレイドは、なぜ女の子たちが真っ赤になって逃げていったのか……。その理由を悟った。
女の子の気分にさせられた。

わからせられてしまった。

同時に、女の子たちに対して、自分がひどいことを言ってしまったことを――理解した。

その時、試練場に、どやどやと大人数が入ってくる。


「あーっ！　ブレイド君が襲われてるーっ！」

「だめーっ！　アンナ本気になっちゃだめーっ！」

「親さまがアーネストと合体しているのじゃー」

「おお。ようやくする気になったのか。まずは正妻からというわけだな」

「マスターー！　マスターマスターマスターー！　つぎはぜひ私のハイスペックさをご堪能《たんのう》ください！」

「いえ。あれはまだ未遂《みすい》ですよ。女帝《エンプレス》のほうは、ほぼ裸ですが」

「わたくしが……、わたくしがいないあいだに!?　いったいなにが!?」

「ブレイドが幸せなら……、幸せなら……」

みんなやって来た。

「た、たすけてー……！」

ブレイドは、か細い声で助けを求めた。

「なによ？　みんなでどうしたの？」

ブレイドの上になったままで、アーネストが聞く。

においを嗅がれるのは中断されたので、ブレイドは、その点では、ほっとしている。

「それなんだけどね」

イェシカが言った。

「みんなで話を突き合わせてみたら、ちょおぉ～っとブレイド君が、朝からひどかったもんで」

「私は大変に傷つきました」

イオナが証言する。


「〝ばっちい〟は、ないわよねー。あたしとかクレアとか、マオとクーちゃんなんかは、面白がって〝くさい〟って言われてたみたいでさー」

「ううっ……、香水つけてみたんです」

「親さま、ひどいのじゃー」

「むぅ。すこしショックを受けたぞ」

「なにそれ？　ブレイドそんなこと言って回ってたの？」


上になったアーネストに、呆《あき》れ顔で見下ろされる。


「そういや、こいつ――。わたしにも、さっき、くさいくさいって言ってきてたわね」

「えーと……、その件に関しては、さっきわかったというか、わからせられたというか……。みんな。すまん。すまんかった。だからこれ……、なんとかして？」

アーネストの下になったまま、ブレイドは懇願《こんがん》する。

「そして私の場合ですが。まあ確かに実際に本当に臭かったのでしょうけど。風呂《テルマエ》できちんと洗ってきましたので。再認識して上書きをお願いします。ほら臭くないですよ。石鹸《せっけん》の香りの乙女《おとめ》ですよ」

「する。するっ。再認識する。セッケンだからオトメだからっ」

イライザに言う。誰でもいいので助けてもらいたい。

最後の一人、ソフィが脇に立つ。ブレイドを見下ろしてくる。

「ブレイド……、とっちめて、いい？」

あれぇ？　そこはいつものように、「幸せなら……」と、来るところでは？

「ブレイド君を――！　とっちめちゃえー！」

「えええ？　え――えーい！」

「親さまをとっちめるのじゃー！」

「ふふふ。殺してやるぞ」

「マスターマスター！　ハァハァ！」

「えっなに？　みんなでやんの？」

「ブレイド様！　お覚悟ーっ！」

「ほらどうですか？　訂正《ていせい》しますか？　わかりましたか？　さあどうなんですか？　きちんと嗅《か》いでくださいよっ」

「ブレイドは……、いま幸せ？」

「いまちょっと幸せでない！」


ブレイドは、皆にとっちめられながら、そう叫んだ。

第三話「クレイ？　クレイド？」

○SCENE・I「マザーちゃんの疑問」

「クレイド……？」

いつもの食堂。いつもの昼休み。
今日も今日とて、マザーはクレイの膝の上にいた。
マザーが地上に遊びに来たときの、いつもの定位置である。
その場所から、くりんと首を上にねじ上げて、マザーはクレイの顔をまじまじと見ていた。

「……クレイド？」

「ああ。俺、本当はクレイドっていうんだ」

「警護官の個体名は、クレイ……では？」

「それはなんていうか、愛称みたいなもので」

「愛称……？　つまり、本当の個体名では……ない？」

「うん。そう」

「マザーは、これまで警護官のことを、〝クレイ〟――と呼んでいた」

「ん？」


クレイは首を傾《かし》げる。


「いや呼んでないよね？　マザーちゃんはいつも〝警護官〟って呼んできてるよね」

「いまそこは重要ではない」


たしっ、と、マザーはクレイのおでこにチョップを入れる。

「警護官は、クレイではなかった……。クレイドだった……」

マザーはショックを受けた顔になる。

難しい顔になるマザーを膝の上に乗せて、クレイは、そんなに気にするようなことだろうか、と考える。

「なぜ個体名〝クレイド〟が、個体名〝クレイ〟に変更されたのか、その理由の説明を求める」

「えーと、なんだったっけ……？」

クレイは、考える。マザーちゃんにとっては重大事項らしいが、クレイにとっては大したことではなかったので、思い出すにも骨が折れる。

あれはたしか、上級クラスに上がるか上がらないかという頃で――。

いや、ブレイドが学園に転入してきた時だったか――？

「そうそう。ブレイドだった」

クレイが言う。マザーがその言葉に反応する。

「あの成体が……、なにか?」

「成体?」

クレイは首を傾げる。それは幼生体の逆の意味だから、〝大人〟という意味なのだろうけど。

「あの特殊個体が、なにか?」

「特殊個体ねぇ……」

その言い直しに、クレイはくすりと笑った。たしかに特殊だ。

「うん。ブレイドが学校に通うようになると……。俺、クレイドで、あいつ、ブレイドだから。なんか響きが似てるってことで、俺、クレイって愛称に変わることになったんだ」

「なんと……」

マザーは愕然《がくぜん》とした顔になっている。

なぜショックを受けるのかわからないが、ふるふると顎先《あごさき》を震わせている様子は、なんか、かわいい。

「問題を解決する」

マザーは、クレイの膝の上からぴょんと飛び降りると、すたすたと歩いていってしまう。椅子《いす》に座ったままのクレイに、振り向きぎみに、マザーは催促《さいそく》する。

「あー、はいはい」

なんの問題があるのだろう。……と思いつつ、クレイはついていった。

○SCENE・Ⅱ「マザーちゃんの要求」

「改名を要求する」

ブレイドがどこにいるのか、まるでわかっているかのように、学内を一直線に進み、講堂の一番後ろの席において、当然のようにブレイドを発見して——。

マザーが最初に発生した第一声が、それだった。


「……は？」


ブレイドとしては、まあ当然の反応だ。

クレイはここに至るまでの事情を、かくかくしかじか、とブレイドに話した。


「……ということなんだけど」

「いや説明されてもな……、さっぱりわからん」

「じつは説明した俺も、よくわかっていない」

クレイはそう言って、力なく笑う。

「マザーちゃん。説明してくれるかな？」

クレイが言うと、マザーは素直にこくりとうなずく。

「警護官の名前が変えられたと聞いた。その原因は特殊個体にあると。ならば名前を変えるべきは警護官ではなく、特殊個体のほうであるべき。マザーはそう考える」

「とか、言われてもなー」

ブレイドはペンを唇と鼻の間に挟み、頭の後ろで腕を組んで、大きくのけぞった。

「なんの話?」

アーネストが声をかけてくる。女の子連中が連れ立って講堂に入ってきた。

「名前、変えろってさー」

「わけわかんないわよ。……だから、なんの話?」

顎でクレイを指し示す。

クレイはもういっぺん、かくかくしかじか、と説明をする。

「なるほど。ようやくわかったわ」
「わかるのか?」
「わかるんだ」

ブレイドとクレイは、やや驚いた顔を向けた。

「マザーちゃんも女の子ってことねー」
「なんだそりゃ?」
「つまりこの問題は、ブレイドとクレイの、どっちの肩をもつのかっていう話なわけよ」
「ふむふむ?」

まだわからない。もっと説明を求む。

「もう。にぶいわね。だからマザーちゃんは、クレイの肩を持って当然、ってこと」

アーネストが胸を張って、そう言い切る。

そこのところの、〝当然〟ってことになる理由を説明してほしいのだけど。

「ねぇねぇ、ブリファイアちゃん？」

イェシカが、いたずらっぽく笑っている。

「静かにしているけど、いいのー？　クレイ取られちゃうかもよー？」

《なんで？　名前と強さって、関係ないよ？》

クレイの腰から思念が響く。あいかわらず魔剣は、強さにしか興味がないらしい。

「ブレイドが、もし改名するんだったら、なにがいいかしらねー」

「なぜ改名すること前提なんだ」

「改名するとは言ってないわよ。もしも、の話よ」

アーネストは楽しそうにしている。

ま。いっかー。楽しそうだし。

「俺は……、そうだなー。カレースキーとかだったら、考えてもいいかなー。いや……、カツカレースキーか？」

本気で考えて、そう言ってみたのだが。

「ふっ……」

鼻で笑われた。

「あんたバカ？」

バカって言われた。

「そんないい加減な感じでいいんだったら、いっぱい、出るわよ～」

アーネストが、にまっと笑う。


「そういえば、前に聞かされたけど。ブレイドの名前の由来って、傭兵団《ようへいだん》に拾われたときに、剣を抱えていたからだっけ」

「そうだけど」

「前も思ったけど。そのときに抱えていたのが、剣でなくて槍だったら、ブレイドでなくて〝ランス〟だったわけよね」

「だろうな」

「じゃあ〝こんぼう〟とか〝ボウ〟とか、〝チャクラム〟とかだって、ありえたわけよね」

「かもしれないな」

「じゃあ、ブレイドが最初にぶちかましていた挨拶《あいさつ》も、『おっす！　俺！　こんぼう！』ってなってたわけね」

「こだわるな、こんぼう」

「言ってみて」

「おっす。俺！　こんぼう」

「ぷはははははーっ！　やだウケる！」

　もう好きにしてくれ。

「こんぼうはともかく、セイバーとか、カッコいい響きの名前とかもありますよ」

　なぜかクレアがノリノリだ。

　ソード。ハルバード。ハンマー。メイス。マチェット。スリング。ジャベリン。レイピア。シールド。デスサイズ。トンファー。ブーメラン。ドリル。

　もー、いろいろと出てきた。

　たまにちょびっと、カッコいいな、という響きがないこともないが……。

　ドリルってなんだ？　それも武器か？

「では特殊個体は、前述のどれかの名前に改名すること。これで問題は解決」

マザーが言う。本気で言っているのか、上機嫌だ。

「おいちょっと待て」

「なにか」

「特殊個体ってのは……、まあ、いまはいいとして……。〝もしも〟って話だったろ。変えるとは言ってない」

「ブレイド～、往生際《おうじょうぎわ》が悪いわよ～」

「おまえどっちの肩を持つんだよ」

言ってくるアーネストに、ジト目を返す。

「あれ？　あっそっか。わたし、ブレイドの肩を持たなきゃだめなんだっけ」

「女の子、だもんねー」

イェシカが茶々《ちゃちゃ》を入れる。

「そ――！　それは関係ないでしょ！」

「ないの？」

「……あるけど」

イェシカに問い詰められ、肯定している。

しかしなぜそこでこちらを見る？

「つまり、こういうことね？　マザーちゃん側は、ブレイドのことを、どーしても改名させたい」

アーネストは、マザーとクレイを見て、そう言った。

「いや俺のほうは、べつにどうでもいいんだけど……聞いてる？」

クレイが――いやクレイドか？　が、そう言うのだが、誰にも取り合ってもらえない。

「そしてブレイドの側は、改名したくない」

「カレースキーだったら名前変えてもいいぞー」

「却下《きやつか》で」

ちぇっ。却下されてしまった。

「ローズウッド学園の女帝《エンプレス》として裁定します」

学園の女帝《エンプレス》としての気取った声で、アーネストは言った。

「両者、決闘にて、己が言い分を押し通すこと」

なんでそうなる？

○SCENE・Ⅲ「決闘でいこう」

放課後。

試練場にて、衆人環視《しゅうじんかんし》のもと、〝決闘〟は執《と》り行われることになった。

見物人がたくさんきている。観客席にも、上級、下級の生徒たちが詰めかけている。

「はーっはっ！　はっ！　決闘をもって、うぬが女を取り合う！　これぞまさしく青春！　青春の過《あやま》ち！　青春の傲慢《ごうまん》！　おおいに結構！　責任は私が取るッ！　思う存分やりたまえーっ！」

観客席から、なにか叫んでいるオッサンがいる。

誰も呼んでないのに、勝手に貴賓席《きひんせき》とかこしらえて、お姉様部隊の綺麗《きれい》どころをはべらせて、酒と肴《さかな》を並べて、すっかりご満悦である。

決闘が決まったのが昼休みで、それから放課後で、短い時間で、よくも準備したものだ。

責任を取るとか、いつもの大言壮語《たいげんそうご》をぶちあげているが、いったいなんの責任を取るというのか。

負けたほうが名前変えるだけのことじゃん。

「しかし、なんで決闘なんだろう」

「あら？　だめだった？」

ブレイドのつぶやきに、セコンドとしてついているアーネストが返事する。

「だめというか……。なんで俺は、クレイと決闘することになってんだ？」

「いいじゃないの。体《てい》よく断る口実よ。はじめから勝ったも同然なんだし」

アーネストは片目をつぶって、そんなことを言う。

「考えてあげたんだから。感謝しなさいよね」

「どっちが勝つかなんて、やってみるまでわからないよ」

「ブレイドのほうが強いんだから、勝つのはブレイドでしょ」

「強いほうが勝つわけじゃないよ。勝ったほうが強いんだよ」

「それどう違うの？　一緒でしょ」

「だいぶちがうよ」


勇者業界では、よくあったことだ。圧倒的な戦力差があっても、強いほうが生き残るとは限らない。

大事なのは、生き残るかどうかということで、強さなど、結果の前にはまったくの無意味だ。


「自信がないの？　超生物のくせにー」

「超生物ゆーな」


まあ、これは〝試合〟なわけだし。勇者時代のように、べつに命の取り合いをするわけでもない。

気楽にやっていいんだけど。

○SCENE・Ⅳ「クレイとマザー」

「あはははは……。なんで俺、ブレイドと決闘することになっているんだろう……。あははは……」

ブレイドたちとは反対側のコーナーで、クレイは乾いた笑い声をあげていた。
クレイの側のセコンドには、マザーがついている。

《クレイ。いい機会よ。斬っちゃおう。あの超生物。ばっさり殺《や》っちゃおう》

腰のブリファイアが物騒なことを言う。ガタガタと振動が止まらない。

「こういうのって、仮象《VR》でやるものじゃないかな？　なんだって現実のほうで……」

クレイはつぶやいた。

ここは現実なので、ぶった斬ってしまえる。ぶった斬られてもしまえる。

仮象《VR》のほうでなら、斬られようが焼かれようが、目覚めれば元通りだ。授業においても、週に一遍《いっぺん》くらいは、楽しい楽しいデスゲームが行われている。

そっちでなら慣れているし、超生物と相対することも、やぶさかでないんだけど……。

「警護官は、マザーを守る」

マザーが言った。

「あ。うん。守るけど。……でもこれ、守るのと関係ないよね？」

そう言うと、マザーは、すーっと、顔をあさってのほうに向けた。

「しかたないなぁ……」

クレイは、覚悟を決めた。

○SCENE・Ⅴ「応援席のクレアとイェシカ」

「ど、どっちを応援したらいいか、困るよう……」

観客席では、クレアが拳を握りしめながら、そんなことを言っている。

「いや悩む必要ないでしょ。あんた女の子でしょ」

隣のイェシカが突っこみを入れている。

「でもでもっ！　クレイだって友達だしっ！」

「まー、そうだけどー……」

「じゃ、じゃあ……。イェシカは、どっち応援するのっ？」

「ふぇっ？」

話を振られて、イェシカは変な声をあげた。


「そりゃぁ、もちろん……」

「もちろん？」

「あれ？　どっちだろ？」

「ほらぁ！」


クレアは大きな胸を、ばるんと張った。勝ち誇った。


「女の子なんだから！　迷わずブレイド君を応援するんだよね！」

「いや女の子って……。女の子……。そっかー、あたしも女の子だったかー」

「イェシカなに言ってるの？　へんだよ？」

「ブレイドくんには当然勝ってもらいたいしぃー。だけどクレイにだって、頑張ってほしいわよねー。超生物に対して、人類の？　人の？　底力を見せてやりたい、みたいな？」

「そうなんだよねー」

「あーもう、ほんと、困っちゃうわねー。乙女《おとめ》ねー」

「そうだよねー」

「もうどっちも頑張れー！」

「そっか！　二人とも頑張ってー！」


クレアとイェシカは、へんなふうに共感しつつ、応援を行った。

○SCENE・Ⅵ「解説者たち」

『さぁ。超生物vs人類の戦いの火蓋《ひぶた》が、いままさに切られようとしています。――どうでしょうか。解説のイオナさん』

勝手にこしらえた席に、二人、肩を並べてちょこんと座り、イライザとイオナが、マイクを持って解説者ごっこをやっている。

『私は人間ではありません。ですが、この戦いの趨勢《すうせい》には大変な興味があります』

『着目すべき点は、ずばり、どこでしょう？』

『ブレイドがいなければ主人公になれたといわれる男――クレイの、戦いの中における覚醒《かくせい》及び進化でしょう。彼に勝機があるとすれば、その一点においてほかにありません』

『なるほど。たしかにクレイ氏は、これまでにも、自己消費ゼロの哀《あい》系や、毎秒二十発のガトリング系や、発射位置自在の千手観音《せんじゆかんのん》などの技を、開発でなく〝覚醒〟することで身につけてきていますね。今回も新技に期待ということでしょうか』

『ええ』

『ところで解説のイオナさん』

『なんでしょう？』

『もしも仮にブレイド氏が敗北し、改名を余儀《よぎ》なくされた場合――どの名前がいいです？』

『不肖《ふしょう》、私めは――〝ヤカン〟を推奨《すいしょう》いたします』

『は……？　ヤカン？　な、なぜですか？』

『え？　セクシーじゃないですか。あの曲線。あの官能的に完成されたふくよかな姿態《したい》。ガーディアン種族にも似たあのフォルム。まったく素晴らしい。興奮せざるをえません。ハァハァ』

○SCENE・Ⅶ「セコンドアウト、ブレイドとアーネスト側」

もうすぐ試合のはじまる時間だ。

聞こえてくる歓声は、クレイがんばれーが四割、超生物倒せーと殺せーとが五割、どちらもがんばれーが一割、ブレイド君あるいはブレイド様あるいは親さま頑張ってーに関しては、わずか数名程度。

「けっこうアウェイなものねぇ」

「俺、負けたほうがいいのかなー」

はじめる前から、ずーんと落ちこみながら、ブレイドは言った。

「べつに名前くらい、変わったっていいしなー」

「なに弱気になってるのよ」

「おまえのおすすめは、こんぼうだったろ」

「根に持っちゃってる？」

「おまえはどっちなんだよ？　勝ってほしいのか負けてほしいのか」

どっちの答えが返ってきてもいいという感じで、聞いてみた。

「あら？　口にしないとわからない？」

「わかんねーよ」

ふて腐れぎみに、そう言った、瞬間――。

ほっぺたに、くちびるが押しあてられた。

一瞬だけで、離れていったその感触に、ほっぺたを手で押さえていると――。

「口にしてみたわよ。――これでわかった？」

「う、うん！」

カーンと、開始の合図のゴングが鳴る。

「ほら。ゴング鳴ったわよ」

「う、うん！」

ほんの数秒前とまるで違って――。

ブレイドは、やる気に満ち満ちていた。

○SCENE・Ⅷ「セコンドアウト、クレイとマザー側」

ゴングが鳴った。

「あっ……、ほっぺにちゅーしてる」

こちら側のクレイは、出陣しかけたところで目撃した光景に、思わずそんな声を上げていた。

ちら——と、マザーちゃんを見る。

クール美少女は、まったくいつもと同じクールさだった。

完璧《かんぺき》なる無表情。


はぁ、と、ため息をついて、歩み出そうとしたところで——。

「警護官」


呼び止められる。

おっし、と、喜び勇んで振り返ってみたところ——。

思って期待したのと、すこし違う光景が目に飛びこんでくる。

目を閉じたマザーちゃんが、ん、とばかりに、おでこを突き出してきていたのだ。

「ん？　ん？　ん……？」

「警護官は、マザーを守る」

「あっ、ああ……」

マザーちゃんの言葉で、ようやく意味がわかった。

「行ってくるよ」

マザーちゃんのおでこに、ちゅっと、くちびるを当てる。

してもらうんじゃなくて、するほうだった。

「マザーは、警護官の名誉を守りたい。警護官がないがしろにされるのは、嫌」

「あっ。うん」

マザーちゃんが何にこだわっていたのか、クレイはようやく理解した。

たしかに――。

あの当時、転入してきたブレイドの個性があまりにも強く、あまりにもキャラが濃かったもので、自然に自動的に自分から身を引いてしまっていたが――。

そういうのは、フェアじゃない。


決闘して、戦って、その上で決めるというのは、フェアだろう。

それが対等な関係というものだ。友人として。


「全力を出してくるよ」

「ん。」

マザーちゃんは、ん、と短くうなずいた。

ちょっと頰《ほお》が赤い。クレイも頰が赤い。

《クレイ！　いまのは見逃してあげるから、戦うわよ！　さあ！　あたしを使って！》

腰のブリファイアが、ガタガタと震えている。その彼女を鞘《さや》から抜き放った。

「征《ゆ》くぞ――！」

ブレイドがいなければ主人公になれたといわれる男――クレイは、気力充分で、勝負に挑んだ。

○SCENE・Ⅸ「勝負の行方《ゆくえ》」

「破竜饕餮《ドラグイーター》！　ガトリングっ!!」

「おいおいおい！　素で破竜饕餮《ドラグイーター》を撃つのかよ!?　しかもガトリングぅ!?」

毎秒二十発の破竜饕餮《ドラグイーター》に、ブレイドはびっくらこいていた。

昔、クレイは破竜系一の太刀《たち》、破竜穿孔《ドラグスマッシュ》を撃つのがやっとだった。しかも気の練《ね》り込みが甘く、暴発ぎみにちびってしまう〝なんちゃって破竜穿孔《ドラグスマッシュ》〟だった。

それがフルスペックで正しい威力の、二の太刀・破竜饕餮《ドラグイーター》を撃ってくる。

しかもガトリングで、秒間二十発で。

クレイは外部から気を取りこみ、自己消費ゼロで技を撃つ「哀」という技を持っている。それを使わずに、自前の気だけで、ぶっ放している。

しかも――だ。

序盤で、初手《しょて》で、単なる牽制《けんせい》に過ぎない技として、ぶっ放してきた。

破竜系二の太刀、破竜饕餮《ドラグイーター》を――だ。

「ははははっ!!　すげーすげー!!　クレイ!!　カッコイー!!」

ブレイドは高揚《こうよう》していた。

ひさしぶりな気がする。勇者業界基準の戦いは。

二の太刀は、牽制技――。

これが勇者業界の標準である。

転入当初、ブレイドは、「力を見る」とか言われて、破竜饕餮《ドラグイーター》をぶっ放して、周囲を呆《あき》れさせた。超生物認定を受けていた。

いまのクレイが、当時の学園に現れたなら、自分と同じに超生物認定をされたに違いない。

「ははは ッ！　クレイ！　おまえも大概《たいがい》超生物になってきたじゃないか！」

「おかげさまでね――!!　常識がこっ、こっち側になってきたよ!!」

ブレイドが撃ち出した破竜饕餮《ドラグイーター》の超螺旋《ちょうらせん》を、手の甲で弾いただけで吹き散らし、エネルギーの壁を突き抜けて、クレイは迫る。

魔剣ブリファイアが一閃《いっせん》。ブレイドは斬られた。

だが残念。

そいつは残像だ。

「ど、ら、ぐ──」

クレイの見せた隙《すき》は一瞬だが、その一瞬を稼《かせ》げれば、気が練れる。

破竜系でも三の太刀からは、いまのブレイドには気を練る時間が必要だ。

「破竜摧滅《ドラグバニッシュ》──!!」

残像を斬って「仕留めた」と思った瞬間──。そこに出来た隙をついて、ブレイドは、三の太刀をぶち込んだ。

「やったか!?」

期待を声にこめて、ブレイドはそう叫んだ。

だが勇者業界には、法則がある──。

「やったか!?」と口走ったときには、大抵、効いてない。

爆風が晴れて、クレイの姿が現れる。
ロゼ色のオーラが全身から噴き上がっている。額には紋章《もんしょう》が浮き上がっていた。
イェシカも使う〝スーパーモード〟というやつだ。

「ど、ら、ぐ……」

紋章を額に輝かせ、クレイは構えに入る。

かってクレイは、このスーパーモードの状態で、マザーの力を借りたうえで、破竜系・三の太刀、破竜摧滅《ドラグバニッシュ》を放った。哀も乗せた千手観音《せんじゅかんのん》として、無限に近い連射数で、放蕩姫《ほうとうき》に向けて撃ち放っていた。

――が。
どれだけ連発しようとも、所詮《しょせん》は三の太刀。勇者業界では、入口に踏みこんだ――その程度。
勇者業界でも、一流であれば、その先の――。

「ど、ら、ぐ……」

クレイは苦しげに顔を歪めて、気を練っている。
クレイが撃とうとしているのは、三の太刀なのか。あるいは——。

「ど、ら、ぐ……」

気が、膨《ふく》れ上がった。
無限に注ぎこまれる〝機関部〟からのエネルギーが、ロスなしの完全伝導で、技のための闘気に練りあげられる。

「破竜覆滅《ドラグバスター》ぁぁぁ——ッ!!」

四の太刀だった。
すごい。クレイ。カッコイー。

迫り来る超螺旋、超エネルギー波を前に——ブレイドは、思った。

いいだろう。その先を見せよう。

四パーセントの省エネ運転で、かつての全盛期、勇者時代に使えていた技を使うには、どうすればいいのか——？

ブレイドの導き出した答えは、いくつかあった。

半分の神霊力をマオとマリアに持ってもらう方法もある。だが今回は、一人でそれを行うための技術を編み出していた。

気と魔力の純度を限りなく一〇〇に近づけることで、四パーセントでも撃てるようにするための技術——。

普段から溜めて溜めて溜め抜いて、寝ている時にも溜め続けることで、一度だけ、全盛期の威力を放つことのできる技術——。

あの放蕩姫でさえ、まともに食らったなら致命傷を免れない技が存在する。

かつて魔王戦で、ブレイドが一度だけ、使ったことのある技――。

破竜系、五の太刀――。

「破竜殲剣《ドラグアニヒレーター》……」

厳《おごそ》かな声で、ブレイドは告げる。

山脈を消滅させるほどの膨大《ぼうだい》な力が、放たれた。

ただし、空に向けて――。

クレイの放った破竜覆滅《ドラグバスター》は、上昇するエネルギーに巻きこまれ、防がれるでもなく、打ち消されるでもなく――。

ただただ――空に連れて行かれてしまった。

第二試練場には、魔力障壁も天井もあったが、それらすべては、はじめから存在しなかったかのように、綺麗《きれい》さっぱりなくなっていた。

空が青い。

上空にある雲に、直径が何キロもあるような、円形の大穴が開いていた。見ているうちにも、その大穴はどんどんと拡大している。

やがて雲は地平の果てまで消え失せた。雲一つない青空となった。

「あー、空が綺麗だなー。……なぁクレイ」

「ああ……、そうだな」

さすがに力果て、地面に寝転がって、ブレイドは青空を見ていた。

隣で転がっているクレイも、同じように空を見ている。

「なぁ、ブレイド……、いまの技って……」

「見せてやったんだから。そのうち使えるようになれよな」

「ああ……、そのうち……な」

ブレイドがいなければ主人公になれたといわれる男――クレイは、そう答えたのだった。

「ねえ……っ！　ちょっとぉーっ！　結局いまのってどっちが勝ったのーっ!?　ねえ審判だれよ!?　だれもいないの!?　ねえってば！　名前変えるの!?　変えないの!?　どっちなの!?」

誰か騒いでいるやつがいる。

うるさいなー。もう。

そんなの、どーだっていいじゃん。

○SCENE・X「クーとお月さま」

「なー、親さまー」

建物の屋根にあがって、クーと夜空の月を眺めている。

「あれは弟かのー？　妹かのー？」

「さー、どっちなんだろうなー、わからないなー」

クレイとの決闘のあと、別段、これといってなにが変わったわけでもなかった。

勝敗は〝引き分け〟という扱いで、どちらの名前も変わることはなかった。

ただひとつ――。

夜空に月が増えた。

前から、大小、二つの月が浮かんでいたのだが……。

それが一つ増えた。いまは大小小だ。

「なー、親さまー。なんで月のこどもが増えたのかのー」

「さー、わからないなー」

ほんと、わからない。マジでワカラナイ。

第四話　「暴力ヒロインのススメ」

○SCENE・Ⅰ「暴力ヒロインに、わたしなるッ！」

「暴力ヒロイン？　なにそれ？」

お菓子を口に運んでぽりぽりと食べつつ、アーネストはそう言った。

いつもの女子会。いつもの女の子同士の楽しい会話の交わされる場所。

そこで出た話題に、アーネストはちょっと興味を示した。

「はい。最近サルベージした古代のアーカイブに存在した概念《がいねん》です。かつて人類は、〃暴力ヒロイン〃なる萌《も》え属性を持っていたようです」

「もえ？　ぞくせい？」

「あー……」

イオナは説明のための言葉を探した。

だが、いかなハイスペック機の性能をもってしても、「萌え」の言い換えは難しかった。

「つまり、愛される性質といったところでしょうか」

「――！」

だいぶ不本意な翻訳《ほんやく》となるが、アーネストには充分だったようだ。

アーネストは、俄然《がぜん》、興味の湧いた顔で、前のめりになって話題に入ってくる。

「それ！　もっと詳しく教えて！　わたし、それ得意かも！」

「暴力ヒロインの基本は鉄拳制裁です。自身にセクハラが行われたとき、あるいは相手が浮気を行った際などに、鉄拳によって制裁するのです」

「ふむふむ」

拳を握りしめて、ぐーぱー、とやりながら、アーネストは熱心に聞き入っている。

鉄拳制裁とか、息をするぐらいに容易なことである。

殴《なぐ》るのなら得意。

これは自分の時代……、来た？　来ちゃった？


「ねえ？　鉄拳以外は？　鉄拳じゃないとだめなの？　武器で斬りつけたら、暴力ヒロイン、とかゆーのに、なれないの？」

「武器を用いるケースもあります。一例としては、百トンハンマーなど」

「ひゃく……」

「かつて人類に君臨していた暴力ヒロインは、百トンハンマーを軽々と振り回していたといいます」

「ひゃくとんって……」


百トンかー。

重いっ。

昔の人類は、なんて強かったのだろう。

「いや……、いける？　身体強化に目いっぱい気を回せば、百トンくらい、なんとか持ちあがる？」

アーネストは、いつも行っているウエイトトレーニングで、ベンチプレスなら、一トンくらいは上げている。

しかし、さすがに百トンとなると、考えこんでしまう。

「クレアなら百トンくらい軽そうですね」

イオナが言う。

話が突然自分のところにやってきたクレアは、髪の毛先を跳ね上げて驚いていた。

「えっ――！　やってないよ！　上げてないよ！　百トンなんて！」

「誰もベンチプレスのウエイト重量とは言っていませんが……。そうですか。上げているんですね」

「上げてない！　上げてないから！」

「はい。これ黒でーす。クレア歴十ウン年のあたしが保証しまーす」


イェシカが言う。


「トレーニングルームの隅に転がっていた、曲がったシャフト……。あれ、クレアだったのね……」

「あれって特製でしたわよね？　神鉄製ではありませんこと？」

「曲げちゃったときって、五百に挑戦したときだから……」

「ごひゃく……、って……。それ、単位、〝キロ〟じゃないのよね？」

「あ……上がってないよ！　上がってないんだから！」

「い、いやさすがに……、そこは疑ってないけど」


気や闘気による効率的な身体強化によって、常人を逸脱した身体能力を持つ学園の生徒たちであるが……。

常人の十倍や二十倍程度であればともかく、さすがに五百トンは非常識すぎる。

クレアはなぜか身体強化と相性がよくて、増幅倍率《ゲイン》は他の面々とは段違いだったが……。

鍛えあげた一般女性が、ベンチプレスで五十キロ程度を上げるとして……。

五百トンというのは、その優に一万倍……。

ゲイン一万というのは、さすがに非常識すぎる。

「曲がっちゃったから、上げてないんだから！」

「……」

皆は沈黙した。

もしシャフトが曲がっていなければ、それは、どうだったのだろう？

「もう怪獣ね。ドラゴンの巨体だって、バックドロップで投げられるんじゃないの？」

「巨大化できるようになってから……、ますます力があがっちゃって……」

「変身後のスペックが変身前にも影響を及ぼしている可能性がありますね。これは研究のしがいがありそうです」

「やだよ！　人体実験はやだよ!?　またチューブ入って、またおっきくなったら、つぎは雲にまで届いちゃうよ!?」

「ぐふふふふ」


イライザが、にちゃぁ――っと、マッドサイエンティストの笑いを浮かべる。


「百トンハンマーの製作には、マッドサイエンティストの協力が必須《ひっす》と思われます」

「え？　作るんですか？　そりゃまあ、縮退《しゅくたい》物質を使えば百トンくらいの質量、どうとでもなりますが。べつに重力場を発生させようっていうわけでなし」

「いつできるのっ！」

「まあ明日の午前中には」

○SCENE・II「講義中」

明日がやってきた。

午前の二コマ目の授業のために、講堂に移動したブレイドは、席に座ったところで、いつも隣にいるアーネストがいないことに気がついた。

「あいつ、どこ行ってんだ？　もう講義、はじまるぞ？」

きょろきょろと見回したところで、なにかをずりずりと引きずりながら、こちらにやってくるアーネストを見つける。

「お、重いいいいぃ……っ」

「なにしてんだ？」

重たそうなハンマーを引きずってくるアーネストに、ブレイドは聞いた。

100t

「これ重いのよ」

「たしかに重たそうだな」

握り棒の先に、樽《たる》よりも大きな物体がついている。

「見た目通りの質量ではありませんよ。縮退物質を使っていますから、きちんと表記通りに百トンあります」

イライザがズレてもいない眼鏡《めがね》をすちゃっと直して、得意げに言う。

よく見れば、ハンマー部分に文字が書いてあった。ご丁寧《ていねい》に「１００ｔ」とある。

その凶悪なハンマーは、とても座学の授業に使うものに思えない。

「今日の実技教練は午後からだぞー」

「よいしょ、っと」

ハンマーを立て掛けて、アーネストはブレイドに言った。


「じゃあブレイド。セクハラしてみて」

「うん？」

「わたしに対してセクハラするのよ」

「なんだって？」

「だからセクハラだっつーの。あんた無自覚によくやってるでしょ」

「……？」


困っているブレイドに、サラが助け船を出してくれる。


「ブレイドお兄さん。〝セクハラ〟って、カシムさんのことですよ」

「おいこらロリっ子！　俺は存在自体がセクハラなのかよ！」

「あっちがった。カシムさんがよくやるようなことですよ。……あとカシムさん。いまのもセクハラですからね？」

「なにが？　どこが？」

「もうっ、ロリっ子とか言うところです！　そういうところなんですからね！」

「カシムのよくやることっていうと……、こうか？」

ブレイドは、手をずばっと閃《ひらめ》かせた。アーネストのスカートを下から上へと、跳ね上げる。

「わたし、タイツ穿《は》いてるんですけど」

「カシムがよくやってるじゃん。こーゆーの。これってセクハラ違う？」

「たしかにセクハラなんだけど……」

アーネストは、後ろで見守る女子一同に振り返った。

「だめーっ……！　ムカってならない！　むしろなんだかちょっぴり嬉しかったーっ！」

「あー……。そうかもー。やる相手が違えば、セクハラはセクハラじゃなくなるかもねー」

イエシカが頬《ほお》に手をあてて、そう言う。

「なんで俺だとだめなんだよ！　ブレイドだとありなんだよ！　おかしいよ！　差別だよ！」

「カシムさんだからだと思いますよ」

騒ぐカシムを、サラが冷たく断じる。

「カシムさんならいいかもー、という女の子がいたら、手をあげてー？」

サラが講堂の女子全員に質問を投げるが、誰の手もあがらない。

一人だけ、元カシム親衛隊の筆頭だった女の子が、すこしだけ迷う素振りを見せていたが、誰の手もあがっていないことには、かわりがない。

「くそう！　くそう！　ブレイドめ！　うらやまけしからん！」

「ブレイド。もっとなんかしなさいよ」

「さっきからなんなんだよ」

「いいから。もっとすごいセクハラをしなさい」

アーネストは胸を張ってそう言う。

もっとすごいセクハラとか言われてもなー。

ブレイドはとりあえず、目の前に突き出されている胸を、むんず、と摑《つか》んだ。

たしか、おっぱい握るのはセクハラだったはず。……あまり自信はないが。

一瞬、びくりとなってから、アーネストは、ぷるぷると髪の毛の先まで震わせた。

「きた……、きたきた……！　きたあぁーっ！　このキモチが暴力ヒロインのパワーなのねっ！　あー！　ぶっとばしたい！」

ハンマーを、持ちあげる。

さっきまで持ちあげることができずに引きずってきていた百トンのハンマーを、いまは持ちあげられている。

「ブレイドのぉ——ばかぁぁーっ！　こんなとこでやめなさいよーっ!!」

ハンマーが振り下ろされる。

だが——。

ブレイドの頭に命中したところで、ハンマーは歪み、ひしゃげた。

超々硬度の物体に激突してしまったかのように、ハンマーの側が自重に負けて崩壊していた。潰れたケーキみたいに。

ブレイドのほうは、びくともしていない。

衝撃波だけがブレイドの体を突き抜けて、周囲および地面に対して、放射状のダメージを与えている。

「な……!?　なんかしたでしょ!?　ブレイド!?」

「うん。これ金剛身《こんごうしん》」

ブレイドは答えた。金剛身とは、いわゆる無敵技である。

一定時間、あらゆる攻撃を防ぐことができる。弱点は、そのあいだこちらも動けないことだが……。今回の場合は、まったく問題はない。

「やられなさいよ！　吹っ飛ばされなさいよ！　ノーダメージじゃ！　わたし暴力振るえてないじゃない！」

「いやだよ。痛いだろ」

百トンで殴《なぐ》られたら、さすがに痛い。

「おっ――!!　覚えていなさいよ！」

捨て台詞《ぜりふ》を残して、アーネストはどすどすと去っていった。

ブレイドを中心に、周囲の机や椅子《いす》が、ちょうど円形に破壊されている。座っている椅子も粉々になって、ブレイドは、いまや空気椅子状態。

立ち去ったアーネストのほうを見る。
自分と同様に、呆気《あっけ》に取られている周囲を見る。
そして教壇《きょうだん》の上で途方に暮れている気弱そうな教官を見る。

「センセー、授業をはじめましょー」

ブレイドは手をあげると、そう提案した。

「そ、そうだね……」

教授は気弱そうにうなずいた。
ブレイドはそのまま空気椅子で授業を受けた。

○SCENE・Ⅲ「実技教練中」

午後の実技教練の時間――。

「やっぱり慣れない武器はだめよねー！」

《そうだ主《あるじ》よ！　我の所有者たる炎の権化《ごんげ》よ！　我を使うのだ！　使え！　おねがい使ってくりぇぇぇぇ――!!》

炎の魔剣を持ち出して、アーネストがどすどすと歩いてくる。

いまは実技教練の時間だから、武器を手にしていて問題はない。

ないのだが……。アーネストはいつにも増して殺気に満ち溢《あふ》れていた。


「さぁ……。斬るわよ」

「セクハラとかしないでいいのか？」

さっきはセクハラしてから殴られる順番だった。

「あっ、そだった。……じゃあブレイド。浮気してみて」

「ウワキ？」

ブレイドは考えこんだ。

ウワキって……なんだ？

「ブレイドお兄さん。浮気っていうのは……」

サラが説明してくれるようだった。

「浮気っていうのは……、なんだっけ？」

してくれなかった。

《浮気なら、クレイがよくやってるよ》

「ええっ!?　俺に飛び火――っ!?」

クレイの腰から、ブリファイアが言ってくる。クレイが話題の渦中《かちゅう》に放りこまれて、驚いている。

「他の剣を使えって？　でもなー、俺べつに、愛剣とか持ってないしなー」

ブレイドは手にした剣で、肩をとんとんと叩いた。

いつも使っているこの剣は、わりとしょっちゅう替わっている。学園の支給品だ。それなりの業物《わざもの》ではあるが、勇者剣技を使うと一発でだめになってしまう。

昔なら、超やっべぇ剣とか、いくつか持っていたんだけど。

「このすっとこどっこい！　浮気っていうのは、剣じゃなくて！　他の女の子を使うってことよ！」

「アンナ、アンナ……、それ、ぶっちゃけすぎ」

「あうっ」

イェシカが苦笑いで言う。アーネストは自分の口を押さえている。

「ブレイド様！　わたくしを――お使いください！」

ルナリアが自分の胸に手をあてて、ずいと、前に出る。

「マスターマスターマスター！　いまこそ私の出番です！　ハイスペックな私と！　めくるめく高性能な浮気体験をっ！」

「ん。ブレイド。我と殺し合いをするか？　――マリアは別なことのほうを期待しているようだがな」

「あっ――あのあのっ！　私も私も私もっ――つ、使ってくださあぁぁい！」

「はーい、あたしも名乗り出ておきまーす！　ブレイド君っ、あたし、使って使って使ってー」

「えーまあ、いちおう立候補ぐらいはしておきますか。こんなちんちくりんに興味なんてないと思いますがね」

「ブレイド……、いけないこと、しよう？」

なんかみんな立候補してくる。
最後のソフィは、あれはカトルと入れ替わっていたな。

「じゃあ、サラちゃん。――やろっか」
「あっ、はい！」
「うおい！　ちょっと待てぇぇい！」

野太い声で、アーネストが吠える。

「なんでよりにもよってサラちゃんなのっ！　てゆうか！　名乗り出てもいないのを、なんで選んでんのっ⁉」
「ガツガツしていないから？」

なんか女子のみんな、目が血走っていて、こわいのでー。

「まさかの大穴っ!?」

「いいじゃん。なんかしらないけど。女だったら、誰でも選んでいいんだろ?」

「ちがあぁう!」

「え? サラちゃん……って、女だよな?」

「あたりまえです」

「ならいいじゃん」

「よくなーい! ていうか! そっちかい!」

「もう、さっきからなんなんだよ?」

「それはわたしの言い草! さっきからなんなの!? あんたは!」

「だから、練習相手を女にすればいいんだろ? それでウワキ? とかゆーのになるんだろ?」

「なるかーっ!?」

「ならないのか。ま。いっか。サラちゃん。――やろっか」

「はい! 教えてください! 剣聖!」

「えっ? あれ? あのちょっと……?」

座学のときから、ずっと、ワケワカンナイことを口走っているアーネストをほうっておいて、サラと稽古《けいこ》をはじめる。
年下の天才に、色々と教えてやる。

この子は、本当に覚えがいい。
砂が水を吸いこむように、なんでもすぐに吸収するので、教え甲斐《がい》がある。
元勇者の引き出しの中には、色々なものが、それこそ無尽蔵《むじんぞう》といえるぐらいに入っているので、どんどん、伝授していく。

サラと二人で練習して、濃密な時間を過ごしていると——。

「うわあぁぁん！　ブレイドの、ばかあぁぁ——っ！」

アーネストが半ベソになって、斬りかかってきた。
泣きながらであるが、その太刀筋《たちすじ》は鋭い。元勇者でなければ、惨殺《ざんさつ》されていたところだ。

「ばかぁ――――！　浮気者ぉ――っ！　あんたなんかサラちゃんと幸せになっちゃえばいいんだーっ！　わたしなんてどうでもいいんだーっ！」

うん。いまサラと練習してるし。ぶっちゃけアーネストはどうでもいい。

涙の尾を空中に曳《ひ》きつつ、アーネストは達人クラスの剣閃《けんせん》を振り回す。

そのすべてを、ひょいひょいとかわしながら、ブレイドは何事もなくサラとの稽古を続けていく。

サラのほうも、たまに向かってくる流れ弾ならぬ流れ斬撃をかわしながら、ブレイドとの稽古に集中する。

炎系の範囲技など、簡単には避けられないものもぶっ放されるが、そういうときには、サラと協力して闘気技と風の技で吹き散らす。

「あたんない！　あたんない！　あたってない！　わたし暴力ヒロインになれてない！　うわーん！　ばかーっ！　超生物ーっ！　超天才ーっ！　もうきらーい！」

アーネストが、なんか言ってる。
当たらないことを嘆《なげ》いているっぽい。
でも斬られたら痛いしなー。

ブレイドとサラは避けつづけた。

◇

アーネストは、その日、結局、暴力を振るうことはできなかった。
つまり、暴力ヒロインにはなれなかった。

「ブレイドの、ばかぁ――っ！　超生物――っ!!」

第五話　「キス魔ソフィ」

○SCENE・I「不思議な雰囲気のソフィ」

校舎と校舎を繋《つな》ぐ渡り廊下《ろうか》を、朝もやが流れている。

そのもやのなかに、青い髪の少女が立っていた。

早起きして散歩していたブレイドは、渡り廊下でたたずむソフィの姿に気がついた。

だがブレイドは一瞬、その姿を見間違えてしまった。ソフィでなくて、カトルに思えてしまったのだ。

ソフィの精神内に同居する五人の姉妹は、時折、表に出ていることがある。

今日もそれかな、と思った。

「えーと……」

「……？」

ソフィの顔をじっと見つめてから、ブレイドは、聞いてみる。

「……カトル？」

「？　……どうしてそう思ったの？」

「あっ、ソフィか」

はずれだった。これはカトルでなくて、ソフィのほう。口をきけば間違えることはない。

「ごめん。間違えた」

「いいの」

そう言ったソフィは、ブレイドの顔を、じーっと見てくる。

いや？　顔ではなくて……。見ているのは、くちびるの近辺？

「ブレイド」

「うん？」

「試してみたいことがあるんだけど。……いい？」

「いいけど。なに？」

「粘膜《ねんまく》接触における経験情報の伝達」

「なんだっけ、それ？」


なんか聞き覚えがあったような。ないような。


「姉妹たちの間だけでなくて、他の人とも、できるかもしれないって……。カトルが」

「ふーん？」


ブレイドは曖昧《あいまい》にうなずいた。よくわかっていない。


「下級クラスに、マキノっていう子がいるでしょう」

「あー、うん」

キスすると技をコピーできる子だ。破竜饕餮《ドラグイーター》をコピーしてぶっ放してみせたときには、かなり驚いた。

「あの子にできているのだから、もともとその機能を持つ私には、送信も受信も、両方できるはず。――って、カトルが」

「ふむ?」

カトルというのは、ソフィの姉妹たちのうち、性的な感じの子だ。

「試してみて、いい?」

「いいよ」

承諾《しょうだく》を返す。

なんかよくわからないが、手伝えるなら、なんだって手伝う。トモダチだもんな!

ソフィは、すっと近づいてきた。

つま先立ちで背伸びをして、ブレイドの唇に、自分の唇を合わせてくる。

ブレイドは、ソフィの側からチューされた。


「………」

「………」


そのまま、数秒——。

唇が合わさって、おたがいに言葉もなく、時間がただ、過ぎていった。

やがてソフィが、ブレイドの胸を押して、身を離してゆく。

「……どう？　なにか伝達された？」

「うーん……？」

ブレイドは考える。

唇を合わせていた間、とくになにも感じなかった。

「よくわかんないなー」

「そう」

ソフィはいつものように無表情だったが、若干《じゃっかん》の落胆《らくたん》があるように思えた。

落ちこんでいる——？　と思われるソフィに、ブレイドは声をかけた。

「みんなとも試してみたら？」

「やってみるわ」

あいかわらず無表情だが、その顔は、すこし嬉しげだった。

ソフィに良いアドバイスができたと、ブレイドも上機嫌だった。

○SCENE・Ⅱ「大惨事」

昼休み。カツカレーの一皿目をぺろりと平らげて、イオナに頼んだ二皿目を待っていた。

いや……。〝頼んだ〟ではなくて〝命じた〟だったか……。

イオナは命令されると喜ぶという、変な性癖《せいへき》を持っている。なので仕方なく〝命令〟を与えている。


「ちょっと！　ブレイド！」


そこへアーネストがやってきた。

どすどすと、床を踏み抜きかねない勢いだ。


「どした？」

「どうしたじゃないわよ！　ソフィに変なこと吹きこんだの！　あなたでしょ!?」

「へんなこと？」

なんだろう？　覚えがない？　冤罪《えんざい》じゃないか？

「あんたのせいで、ソフィがキス魔に――って！　来たぁぁぁ!!」

アーネストが悲鳴に近い声をあげる。
その視線の先には、ソフィがいた。

「アーネスト、つぎは貴方《あなた》の番よ」

そう言って、ソフィは歩いてくる。ただ歩いてくるだけなのだが、妙な迫力がある。

「ちょ！　ちょちょ！　ちょおぉぉお――っと！」

アーネストが怯《おび》えている。

「ちょっと待ってよ！　なんでキスして回ってるの！　なんでキス魔になってるの！」
「粘膜接触による経験情報の伝達を、皆で試してみたらと、ブレイドに言われたから」
「あんたのせいかーっ！　またおまえかーっ！　このキス魔ーっ！」

キス魔と言われて、思い出す。以前にも、そう呼ばれたことがある。

しかし――。

「そんなに騒ぐことか？　このまえは全員チューしてたじゃん」

ブレイドは言い返した。

〝チュー〟は〝挨拶《あいさつ》〟だと言われて、ならみんなに〝挨拶〟しなきゃな、と、皆にチューして回ったことがある。

あとで勘違いだとわかったが、その時に、みんなとは〝チュー済み〟だ。

ここでいう〝みんな〟というのは、学園の全員という意味である。

「わたしはされてない！」

アーネストが、吠える。

「マスター！　マスター！　私もです！　甘美なる粘膜《ねんまく》接触を私は未経験です！　そして私のハイスペックかつ華麗《かれい》な舌技もマスターは未経験です！」

「あれっ？　そだっけ？」

「そうです！」

「忘れてるし!!」


全員、制覇《せいは》したと思ったんだがなー？

ま。いっかー。


「じゃ、いまソフィにしてもらえばいいじゃん」

「そういう問題じゃぁ！　ないッ！」

「だからなに吠えてるんだよ」

「吠えてない!!」


いや吠えてるだろ。咆哮《ほうこう》に食堂中が震えている。てゆうか、ガラスの一枚二枚が、現実として割れている。

「なるほど。スマートな解決策です。ではソフィ。チューしましょう」

「んっ……」

イオナとソフィが抱き合って、チューをする。

「ち……、チューしてる！　ちちち、ちゅちゅ、チュチューっ!!」

「うるさいな」

アーネスト、さっきから、ほんと、うるさい。

二人が繋《つな》がっていた唇を離した。一瞬だけ、光る糸が二人の間に掛け渡される。

「電気的、磁気的には、なにも伝達されてきませんね。化学的なものなのでしょうか？」

イオナは研究者のような真面目《まじめ》な顔でそう言った。

再び、顔を近づける。

「だとすれば、味覚?」

ムチュー、とやった。こんどはイオナの側からチューしてゆく。

こんどのチューでは、唇はただ合わさるだけでなく、すこし開き気味となっていて——。頬《ほお》がその内側からの動きを表面に如実《にょじつ》に伝えてくる。

「ままま、またしてる! こここ! こんどはベロいれてるッ! ひぃっ!」

「だからうるさいって」

アーネストが、また大騒ぎしている。

「そんなに気になるなら、おまえもしてもらえばいいのに」

自分だけチューされてないとか、さっきから、ほんと騒がしい。

けどチューだったら、このあいだしてるのだ。確かにやったのだ。

結婚式をぶち壊したとき。剣聖アシュガルド王子を、剣で倒して、花嫁を奪い返したとき。

アーネストのほうから、なんでか、チューしてきた。

ほらー。してるじゃん。

なんだよこいつ？　忘れてんの？

「わ、わたしがしたいのはッ！　ソフィじゃなくてねっ!?」

「私と粘膜接触……、するのイヤ？」

ソフィが、そう聞いてくる。

イオナとのチューは、いつのまにか終わっていたらしい。

「いえソフィ、そうじゃないから！　べつに嫌っているわけじゃないから！　ていうか、根本的な話なんだけど。恋人同士でもないのにキスするのって、ちょおぉっと変だと思わない？」

「そう？」

「こいびと？　それってチューと関係あるか？」

ブレイドは、そう言った。

なに変なこと言ってんだ。こいつ。

「あるのっ!! わかってよ!! わかれ!! あとね! へんなこと言ってんのはあんたのほうだからねっ!! 〝なにへんなこと言ってんだこいつ〟みたいなカオで見るなぁーっ!」

「なぜキスしてはいけないの?」

「なぜもなにもないでしょ。おかしいでしょ」

「このまえブレイドも、皆にキスして回っていたわ」

ブレイドは苦笑いをして、うなずいた。

「あのときは、挨拶《あいさつ》だって思いこんでたんだよ。間違えてた」

「間違いだってわかっているなら止めなさいよ!」

「これは挨拶でしてるわけじゃないからな」

「こんどはなんなのよ！　なにと勘違いしてんの!?」

「これは……、なんだっけ？　ソフィ？」


さっき聞いたが、よく覚えていなかったので、ソフィに振る。


「粘膜接触による経験情報の伝達」

「そうそ。その実験」

「テレパシーみたいなものですよ。ソフィの同型シリーズの姉妹たちの備えていた機能ですね」


白衣をはためかせ、マッドサイエンティストが登場する。

じつはさっきからすぐそこで、つま先立ちと上下動を繰り返して、話に入るタイミングを狙っていたことを――ブレイドは知っている。


「てればしー？　って？」

「考えたことがそのまま伝わるということです。言語よりも遥《はる》かに情報量が多いです。学習した技なども伝達できます。言語や概念《がいねん》に留まらず、小脳の運動記憶まで転送可能ということですから、その点が画期的です。もし実現できるなら、大変、興味があります」

「だ、そうだ」

待っていたソフィに、やっちゃっていいぞー、と、顎《あご》を振る。

小柄なマッドサイエンティストを、ソフィは簡単に捕獲《ほかく》する。

ムッチュー、と、やった。


「……!?　〜〜〜!?　――――!!」


じたじたじた。イライザはしばらく暴れていたものの、身体能力がほぼ常人の彼女では、がっちりとホールドされた状態から抜け出すことはかなわない。

「あ。静かになった」

そのうち、ぴくりともしなくなる。完全に脱力しきって、蹂躙《じゅうりん》されるに任せるようになった。

「どう？」

口を離して、ソフィが聞くが、返事がない。気絶しているのかもしれない。

「つぎは――」

イライザからの聞き取りを諦め、ソフィが次の被験者を見定めようとする。

「待った待った待ったあぁ――っ!!」

男子たちが、どやどやと駆けこんでくる。先頭を切っているのはカシムだった。

「なんてうらやまけしからん！」

「まーた面倒なのがわいてきた」

アーネストが言う。いや。面倒なのはおまえもだぞ？　わけわかんない理由で反対してばっか。説明を求めても「あったりまえでしょ！」としか言わないで、ろくに説明もしやしない。

「おいこらソフィ！　この卑怯者《ひきょうもの》め！」

カシムは、指差し、名指しで、ソフィを批判した。

「卑怯……？」

ソフィは首を傾《かし》げる。

「ああ卑怯だとも！　なぜ婦女子ばかりを狙う！」
「ソフィ、卑怯だそうだけど？」
「私は交友の深い人から試しているだけ」
「ああ、ソフィって、男子とはあんまり接点ないものね」

アーネストがうなずいている。

「ソフィと親友関係にある私は既にチュー済みです。実証実験の結果、〝粘膜《ねんまく》接触による経験情報の伝達〟という事象は確認されていません」

「えぇーっ？　俺、男子ちがうの？」

ブレイドは聞いた。いちばん最初にチューの実験に付き合ったのは、自分だったのだが……。

「あんたは超生物枠《わく》でしょうが」

超生物ゆーなー。

「あっ、俺たちはカシムと一緒にしないでくれ」

「見過ごせなくて参上したよ」

男子勢の前のほうに、クレイとレナードの姿もある。〝うらやまけしからん〟のカシムとは、主張が違うらしい。

「おいこらちょっと！　裏切るのかよ！」

「はやくも連携がぐずぐずねー。――なんで来たわけ？　あんたたち？」

そう聞きながら、アーネストは、手でしっしっとやっている。

「このオレを差し置いて、皆にチューして回るたぁ、不届き千万《せんばん》！　皆にチューしたくば！　まずこのオレを倒してからにしろ！」

「――だ、そうよ？」

「倒せばいいの？」

ソフィはずいっと、前に出た。

指をぽきぽきと慣らしている。

「ちがあぁーぅ！」

カシムは血相を変えて大声をあげる。

「あーっ！　あっぶねーっ！　あっぶねーっ！　おま！　いま!?　学園最弱のオレに暴力振るおうとしただろ！」

カシムの称号は、学園のビッグ12《トウエルブ》最弱だったはずだが……。いつのまにかグレードアップしていた。いや。グレードダウンか？

「ちがうの！　暴力を振るえなんて言ってねーの！　まずオレからチューしてけって言ってんの！　それが倒すって意味なの！　暗喩《あんゆ》的表現ってやつなの！　わかる!?」

「ソフィ、チューしてほしいそうよ」

カシムは、唇を突き出したタコみたいな顔になる。

目を閉じて、「んー？　んー？」とか、なにかを要求するカオ。

「……」

ソフィは眉間《みけん》に縦皺《たてじわ》を寄せていた。
その皺はひどく深くて――。ソフィのこんな嫌そうな顔、はじめて見た。

「ブレイド」
「ん?」
「タッチ」

ソフィにタッチされて交代すると、ブレイドはカシムの前に立った。

「んー、んー? んーっ?」

カシムは目を閉じたまま。唇を突き出してきている。
ブレイドは、ソフィのかわりに、ムチューッとやった。

カシムは嬉しかったのか、ブレイドの背に手を回し、夢中で抱きしめてきた。

ブレイドも、そんなカシムの背中を、ぽんぽんと叩いてやる。


「伝達された？」

「いやべつに。なんも」

「そ」

唇を離すと、ソフィが聞いてきたので、そう答える。


「……ん？」

うっとりと閉じていた目を、カシムがようやく開いた。

「うわーっ！　ぺっぺーっ！」

抱き合っている相手がブレイドだと気づいて、カシムが大声をあげる。

「なっ――!?　なんでブレイドが!?」

「ひどいぞ。傷つくぞ」

ぺっぺーっ、は、ないだろう。

「ブレイドが……、ブレイドと……、お、オレが、チューしたの……、ぶ、ブレイド……」

カシムの目がぐりんと白目になった。かくんと体から力が抜けた。

「おーい……？」

揺さぶっても、カシムは、かくかくと揺れるばかり。死体のようだ。

「きゃーっ！　きゃーっ！　きゃあぁ――っ！」

女子——それも下級生のあたりから、悲鳴があがる。ほとんど超音波領域の甲高《かんだか》い悲鳴だ。

「あ、あのおぉっ！　こんどは皇帝のほうのカシム様で、もういちどお願いしますっ！」

そう言ってきたツインテの女の子は、例のカシム親衛隊の残党の子。

「気絶してるぞ」

ブレイドはカシムを人形みたいに操った。

オレ。キゼツしてる。カクカクカクカク。

「倒したわ」

ソフィが言った。クレイとレナードに目線を向ける。

いや倒したの俺なんだけどね。ま。どっちでも同じか。

「ま、待て……、はやまるな！」

「そ、そうだ。話しあおう！　話せばわかる！」

尻込みしている二人だが、それでもその顔には、なんかうっすらと期待の色がある。

ソフィはどすどすと二人に向けて歩みを進めている。完全にやる気である。

ブレイドは、胸に、なにか、ちくりとした痛み——？　を覚えた。


「俺がやるよ」

ソフィを制して前に出る。ソフィは「そ」と言って脇にのいた。


「え？　ちょ——なんでブレイドが!?」

「やめたまえ！　やめてくれたまえ！　は——話せばわかるっ!!」

「問答無用」

ブレイドは、二人に襲いかかった。

チュー、ムッチュー、ベロベロー。

「どう？」

「やっぱわかんねーなー」

ソフィに聞かれたので、そう答える。〝粘膜《ねんまく》接触による経験情報の伝達〟は、やはり感じ取れない。

「全員、試してみよう」

「そうね」

二人の後ろにくっついてきていた、他の男子にも目を向ける。

ずざっと、男子勢が後じさる。だが逃がさない。

ブレイドは素早く動いて、一人ずつ、餌食《えじき》にしていった。

「どう？」

「わかんないなー」

「そ」

ソフィの返事には、落胆《らくたん》の色は、とくにない。

なにしろ相手はまだまだたくさんいる。

「クレア。いい？」

ソフィはクレアを壁ドンしていた。

壁ドンとはなにか、ブレイドは当然のように知っている。ブレイドの常識力は、もはや普通人の領域にまで達しているのだ。

壁ドンとは、相手を壁際に押さえつけることである。

手を頭の脇にドンとつくのがポイントだ。この技を用いられた相手は、なぜかふにゃふにゃになって脱力してしまう。なんでかは、わからない。

ソフィに壁ドンされて、クレアもふにゃふにゃになっていた。

「ままま――待って、待って待って待ってーっ……」

「待つわ。何秒？」

「何秒とかじゃなくてーっ、ずっと待って永遠にーっ！」

「いや？」

ソフィはすこし哀しげな顔をする。

「い、いやじゃないけど――！　ないけどおぉ――！」

「そう。よかった」

チュー。

クレアもまた、じたじたじた、と暴れていたが、やがておとなしくなった。

「う……、うわぁぁーっ！」

「きゃああ——っ!!」

皆が悲鳴とともに逃げ出した。

「手伝って。ブレイド。二人で狩るわ」

「了解」

無表情ながら、ソフィは目をきらりん、と光らせる。

ブレイドも、なんだか盛りあがってきた。

逃げるみんなを見ていると、狩猟《しゆりよう》本能——？　とかいう感じのものが湧き上がってきた。

○SCENE・Ⅲ「リアル鬼ごっこ」

「これがオニごっこってやつかー!?」

「ちがあぅう！　絶対ちがあぁぅ！」

アーネストが叫びながら逃げている。壁際に追いこまれると、〝ぎぬろ〟で壁をぶちぬいて、さらに逃げる。

「校舎壊すの禁止なー。あとで怒られるぞー」
「だったら追うのやめなさいよ！」
「俺たちオニなー。捕まえたらチューしちゃうぞー！　ふはははははーっ！」
「なにか悪役みたいな笑いをあげてるーっ⁉」

楽しくなってアーネストを追いかけていると、ソフィがすっと横に並んできた。

「ブレイド。男子をお願い。私は女子を狩るわ」
「おー、そうだったー！」

方向転換して、男子のほうに向かう。

「えっ!?　あっちょっ――!?　なんでブレイド行っちゃうの!?　なんでソフィがくんの!?　いやー！　くんなーっ！」


アーネストがなにか騒いでいる。

あいつは、捕まえてほしいのか、捕まえてほしくないのか、どっちなんだ？

建物の壁面を垂直に走って逃げる男子の一群に、先回りして追いつくと、容赦《ようしゃ》なく襲いかかる。終わった相手は、ぽいっとうっちゃって、つぎの獲物を探す。

うん。これ。まえにもやった。なつかしー。


「きたあぁ！　キス魔がきたあぁぁ！」


うん。俺。キス魔。

キス魔からは逃げられない。ははは一っ。

「ブレイド。パスよ」

「ほいきた」


ソフィからパスされた男子に、ムチューっとやる。

ブレイドのほうは、男子を中心に狩っているが、たまたま捕まえた女子とか、ソフィ相手では嫌がってパスされてくる女子とかも餌食《えじき》にかけている。

ソフィはＮＧでも、ブレイドならＯＫという女子は、なんでか、一定数いるのだった。たとえば魔法少女隊のアルティアだとか。すっげぇ喜んでた。鼻血出るぐらい。


ソフィのほうは、もっぱら、女子専門。

——と思ったら、例外もあるようだ。


騒ぎを聞きつけて飛んできた、アインとツヴァイの兄妹である。「あそんであそんでー！」と飛びかかってきた二人を、ソフィはどっちも分け隔《へだ》てなくキャッチして、両方にチュー、とやっている。

アインのほうはオスだったはずだが。なぜかブレイドの心は、ちくりとならない。

なんでだろ？

ま。いっかー。

「つかまっちゃいましたー」

ずいぶん手こずらせてくれたものだが、ようやくサラを捕まえた。

「お兄さん。キスするんですか？　わたしに？　しちゃうんですか？」

「いーや、しない」

ぽいっと、ソフィのほうにパスをする。

「ええーっ！」

サラはなんか声を上げている。ソフィにがっちりホールドされる。

「親さまー、ちゅちゅー」

「おう。ちゅちゅー」

サラと一緒に逃げていたクーは、みずから飛びついてきた。なんで逃げてたんだ？

クーとは割としょっちゅうチューをしている。ブレイドが誰かとチューしているのを見ると、自分も、ちゅちゅーとせがんでくるのだ。

「やっぱり特になんにもないなぁ」

経験情報の伝達、というのは、起きてない。

チュー、それ自体に対する感慨《かんがい》も特にない。チューはチューでしかない。

「ソフィのほうは、どうだー？」

「あと二人」

「俺のほうは――」

と、ブレイドは周囲の気を探る。
十人目から先は数えちゃいないが、捕獲《ほかく》済みの気は、すべて覚えている。
男子の気は、全員、チェック済み。

「男子はもう全員片付けたな」
「そ」

ソフィが手こずっている最後の二名は、うちの学園の女帝《エンプレス》二人だった。

「ああもうっ！　しつこいですわ！」

白銀の髪をたなびかせて廊下《ろうか》を駆けていたルナリアは、くるっとターンしながら、その足を止めた。

「ほら、もう――。キスするなら、好きになさい」

「えっ？　ちょ――ルネ！　こんの裏切りものーっ！」

「嫌なら、しないわ」

　ソフィはルナリアをじっと見つめる。

「嫌ではないですわ。ただシュタインベルク家の者が、早々に捕まるわけにはいきませんでしたので、逃げていただけのことです。最後から二番目でしたら、これは良い成績でしょう？」

「そ」

　ルナリアは、ソフィを受け入れた。

「ちゅ、チューしてる！　うわぁルネあんたなにやってんの！　自分から舌とかあぁぁ！　うわぁ！　うわぁ！」

　アーネストは、あいかわらず、うるさい。

「さて——」

ルナリアも片付いて、最後、アーネスト一人だけとなる。

「待って待って待って！　だからほら！　友達同士ではキスしないでしょ！　べつにソフィのことが嫌いなわけじゃないけど！」

「……」

「しないのか？」

「嫌がっているから」

アーネストは、明らかに、ほっとした顔になる。

「なら俺か」

ソフィ相手で嫌がる女子は、ブレイドの担当。アーネストもそっちだったようだ。

ブレイドは、一歩、前に出る。

アーネストは、踏みとどまっている。その顔には期待する色がある。

「じゃ、するか」

ブレイドがそう言うと、アーネストは――。

「うんっ！　うんっ！　するっ！　ちゅっちゅするーっ！」

なんか物凄《ものすご》い勢いで、近づいてきた。

目を閉じて待つアーネストに、唇を重ねようとしたとき――。

「はーっはっはっ！　悪い子はいねがー！」

いや～な感じの声が、聞こえてきた。

「やべっ。国王だ」

「学園内で遊んでいるという悪い子は、こちらかね――っ！」

壁をパンチでぶち破って、国王が現れる。

まー、そろそろだと思ってた。

授業もそっちのけで大騒ぎしていたから、そろそろ、奴の耳に届いて、叱《しか》られる頃合いだと思ってたんだよなー。

「結構結構！　青春の暴走！　おおいに結構！　人――それを性春と呼ぶ！」

あれ？　叱らねーの？

「私も混ぜてくれたまえーっ！　ルールはなんだね!?　捕まえれば濃厚なべーぜを交わして良いのかね!?」

ちがった。オニごっこに混ざろうとしていた。

「素晴らしい！　私の青春時代と同じルールだねっ！　数百人の美女を陥落させた私の超絶舌技を披露するのはいつだ！　――いまだろう!!」

「やべ。――逃げるぞ」

ブレイドはアーネストをぽいっとうっちゃって、ソフィの手を握って駆けだした。

これまでは獲物を追う捕食者の側だった。だがおっさんが登場した瞬間、捕食される側になってしまった。

「はーっはっは！　さあ逃げたまえ！　捕まえてしまうぞー！　ベロベロちゅっちゅしてしまうぞー！　わからせてしまうぞー！」

ブレイドはソフィと逃げた。

「はーっはっは！　はーはーはーっ!!」

「ねえちょっと！　またわたしだけキスされてなくなくね!?　なくなくなくなくね!?　なくなくなくなくなくなくなくなくねーっ!?」

国王とアーネストが追いかけてくる。

「あとなんでわたし！　ほうっておかれてんの！　手を引いてもらえてないの！　おかしくね!?　ありえなくね!?」

「はーっはっは!!」

元勇者にとって――。今日は最高に普通で、最高に楽しい一日だった。

第六話　「ザコモブの特訓」

○SCENE・I「研究室にて」

放課後。

マッドサイエンティストにとっては、本業かつ本番となる時間。

今日も今日とて、イライザは研究にいそしんでいた。

科学で解明できない事象を解明しようと、未知の分野にメスを入れにゆく――。

「ほら。もっと出力あげてくださいよ」

「君のためなら死ねる！　キラッ☆☆」

レナードが白い歯をみせて笑うと、無数の☆が飛び出した。

ＩＨＳ《イケメン・ハンサム・スマイル》ビームである。

「たったの八〇キラリしか出ていませんよ。あの時、女帝《エンプレス》の心でさえもへし折りかねなかった気迫は、どうしたんですか」

本日の狂科学における研究テーマは、ＩＨＳ《イケメン・ハンサム・スマイル》ビームの物性解明である。

「君は今日も美しい！　キラッ　☆☆☆」

「こんどは六三キラリ。出力が落ちてきてますね。……ちょっと休憩でも入れましょうか」

その言葉に、限界まで力を振り絞《しぼ》っていたレナードは、ふらふらとよろけて、差し出された椅子《いす》に倒れ込むように腰を落とした。

タイミングよく椅子を差し込んだのは、研究室の助手二号――カレンである。

下級クラスの女子であるが、彼女たち仲良し五人組は〝魔法少女隊〟という異名を持っている。

「あっ、はい。……ボクのせいかも。すいません」

「標的《ターゲット》が悪いんですかねぇ」

ボーイッシュな少女が恐縮する。

被験者となっているレナードが、なにもない場所に向けてソロプレイするのは無理だというので、標的《ターゲット》として立ってもらっていたのだ。

レナードが愛の告白みたいな台詞《せりふ》をぶつけてくるものだから、顔は真っ赤である。

ちなみにＩＨＳ《イケメン・ハンサム・スマイル》ビームは、彼女に対しては無効である。もともとメロメロなので、これ以上、メロメロになりようがない。

「ところでカレン氏とレヴィア氏、お二人のうちで、〝気〟が得意なのは、どちらです？」

「あ、それならボクのほうが――」

レヴィアのほうが手をあげる。

「じゃあ、レヴィア氏。こちらのチェンバーに気を充塡《じゅうてん》してもらえますか。無属性が望ましいですが、多少、属性がついてしまっても構いません」

「あ、はい。雷がすこし混じるかも——」

測定器の動力を補充する。

「すいません。私。気はさっぱりで——」

カレンは助手として役に立てなかったことを気にしていた。

掌《てのひら》を上に向け、そこに気のボールを浮かべて、苦笑いをしてみせる。

それは初心者がやる練習法だった。

気の練習法のうち、最初から数えて、二、三段階目あたりのメニューにあたる。体内で練《ね》った気を外部には出すものの、単なるボール状にしているだけ。

ここから発展させていったものが、〝気弾〟という、気を撃ち出す初級の技となる。

つまりカレンは、自分は気が苦手なので、こんな初心者レベルなんです。気弾も使えないいんです、と、実演してみせたわけだが——。

「ちっ」

イライザが、激しく舌打ちをした。

「えっ？　えっえっ？」

なにを失敗してしまったのかわからなくて、カレンが眼鏡《めがね》の下の目をぱちくりとさせている。

その彼女に——。

「カレン氏よ」

包帯男――ジェームズが声をかけた。

「イライザ師は、気がまったく使えないのだ。魔術は天才だが、気のほうは、本当の常人レベルだ。つまり、練れない」

「あっ……」

カレンはすまなそうな顔になる。

「ジェームズ氏。そういうあなただって使えないですけどねー。包帯取ったら、へなちょこじゃないですかー」

「科学の力があれば充分ではないか？　イライザ師よ」

「まあそうなんですけど」

イライザは失敗したなー、と、思っていた。

世捨て人みたいな生活をしていたマッドサイエンティストには、急にできた弟子を、どう扱えばいいのか、わからない。

人を使うスキルなど持っていない。舌打ちとか、一人でいるときのつもりで、つい出てしまっただけだった。近くに誰かがいるなんて経験は、ろくにしたことがないので――。

ジェームズ氏？　あれは奴隷《どれい》なので気を遣う必要はない。


「ところで、そのほっぺは、どうしたんです？」


いつもならまったく気にしないところだが、さっきのこともあり、意識して気遣ってみた。

カレンもレヴィアも、二人とも、頬《ほお》に大きなガーゼを貼っている。


「あ、なんでもないです」

「あ、たいしたことはなくって」


二人ですぐに返事してくるところが、怪しい。

同じような誤魔化《ごまか》しかたをしているのが、すごく怪しい。

「また喧嘩《けんか》したんですか。しかも殴《なぐ》りあいで？」

彼女たち五人は仲良しであるが、〝推し〟がそれぞれ異なっているために、原理主義的な戦争が、時折、勃発《ぼっぱつ》するのだ。

「こんどはなんです？」

普段なら絶対に聞かないし、関心も持たないようなことを、イライザは意識的に聞いた。

「ザコモブ……、って言ったのが、許せなくて」

カレンが言う。

「ビッグ12《トウエルブ》のなかで、変身できないの、レナード先輩とイライザ先輩だけなんです。それで馬鹿にされて――、なんだとー、ってなって、手が出ちゃって――」

「レディが手を出すなんて。いけないいね」

いつのまにか復活していたレナードが、レヴィアの頬を手の甲でなぞる。

「先輩……」

レヴィアは真っ赤になる。
あれで口説《くど》いているつもりがないというのだから、イケメンとは罪である。

「──で？　ザコモブですか？　変身もできない、ですか？」

据わった目になって、イライザは言う。

「そ、それはボクたちが言ったのではなく──」
「そ、そう。私たちは、先輩方の名誉を守ろうとした側で──」

わたわたと、レヴィアとカレンの二人は釈明をはじめる。殴りあった結果が、ほっぺのこれなわけであって——。

「いいえ」

眼鏡をついっと持ちあげて、キラーンと光を反射させて、イライザは言った。

「貴方《あなた》がたがいくら戦ってくれようと、我々の名誉が守れるはずがありません。我々自身のスペックが要求基準を満たさなければ、たとえ口には出さずとも、内心ではそう思っているに違いないですから」

「で、ではどうすれば……」

レヴィアはうろたえている。
カレンは思い詰めた顔になっている。

「……殺《や》る？」

たしか彼女たちは、友人関係だったはず。友人関係というのは、抹殺《まっさつ》まで視野に入れるような関係なのだろうか？　友人なんて持った試しがないのでわからないが。


「特訓ですよ。気とやらを身につけてしまえばいいんでしょう？」

「いえ。変身できないことがモブと言われていた由縁《ゆえん》です」

「は。」


イライザは、鼻で笑った。


「変身など。科学の力でどうとでもなります。一ミリ秒で亜空間転送により装着する強化服とか、必要とあらば、でっちあげますよ。都市の主機関と連結して無限のエネルギーを引き出す機構を組み込むのもいいですね。その際にはクレイ氏あるいはイェシカ氏を生体解剖《かいぼう》して紋章《もんしょう》の禁忌《きんき》に触れねばなりませんが」

「さ、さすが先輩……！　科学のためには友人も解剖するその姿勢！　見習わなければ！」

「え？　友人？　……あとそこは見習うんじゃなくて、ツッコむところなのでは？」

「あ。ツッコむところだったんですね。ほら——レナード先輩。やっぱりいまって、ツッコんでよかったんですよ。ねえほら」

レヴィアから話を振られたレナードは、研究室のすみっこで、一人、たそがれていた。

「僕はべつに……。特訓とか……いいかな。クソザコでも……。まあ事実だしね。ははは……、はは……」

だめだこいつ。すっかり負け犬だ。

力なく笑うレナードに、レヴィアがタックルする勢いで飛びついてゆく。

「うわっ——」

椅子《いす》ごとひっくり返った。

レナードの上に乗る形で、レヴィアは声を限りに叫ぶ。

「先輩！　ボクは先輩のこと信じてます！　いつかは夢に手を届かせられる人だって！　先輩を応援しているから！　だからボクも自分の夢を信じられるんです！」

「レヴィア……」

レヴィアとレナードが二人の空間を作っているその脇で、熱血にほど遠い二人は、やや白け気味の生暖かい目を向けていた。

「えーと、あれって絶対振り向かない相手——つまりレナード氏に恋しているんですよね。そのレナード氏が夢に手が届いたら、つまり、アーネスト氏とくっつくというわけで、そうしたら自分の夢が実現する可能性はゼロですよね。このケースって論理的にいえば、排他的《はいたてき》関係ってやつですよね」

「恋する連中の頭の中は、非合理が充塡《じゅうてん》されてます」

「なるほど」

イライザは納得した。

「それで特訓の詳細なのですが」

イライザはプランを話しはじめた。

この天才の頭脳にかかれば、特訓のひとつやふたつ、どうとでもなるのだ。

○SCENE・Ⅱ「特訓」

「はーっ！　はーっ！　はーっ！　波ぁーっ！」

揃えた両手を前方へ突き出し、声をあげるイライザ。

「へん、しんっ！　へん、しんっ！　へん、しんっ！　変、身っ！」

揃えた両手をぐるりと回し、ポーズを取って力むレナード。

放課後の試練場には、自主練習に励《はげ》む生徒の姿がちらほらとあったが、その誰もが胡乱《うろん》な目を向けてくる。

「本当にこれで……、変身できるのかい？」
「おかしいですねぇ。過去の人類は、こうして〝気功波〟を撃っていたはずなんですが」

二人の特訓は、進展を見せていなかった。

「資料に誤りがあったのでは？」
「むむ。確かにアーカイブの情報には破損と欠落が目立ちますし。その可能性は否定できないですね。〝MANGA〟とか〝TOKUSATSU〟という資料自体の信頼性の問題もありますね」

所在なげにしていたレヴィアが、そろ〜っと手をあげる。

「あのー、まともに練習してはどうでしょう？　気ならボクが教えられますし」
「変身は……、変身は……、どうすればいいんだい？」
「変身は……、ええっと……」

レヴィアは困った顔で、あたりを見回した。

○SCENE・Ⅲ「お手伝い」

ブレイドとアーネストが通りがかったのは、ちょうど、そんなときだった。

午後にも実技教練はあったのだが、「ちょっと暴れ足りないから付きあって」とアーネストに誘われたのだ。

ちなみにアーネストの言う「ちょっと暴れる」という意味は、大怪獣大激突ぐらいのニュアンスである。

一人で変身可能な炎の魔神ブルーぐらいになって、立つこともできないぐらい疲弊《ひへい》するまで全力を振り絞《しぼ》るから、きちんと受け止めてね、相手してね。――というお誘いだ。

ブレイドとしても、四パーセントをきっちり使うぐらいの負荷にはなるので、歓迎だ。

防御結界の強度も最大にしてもらい、さあ、やるかー、と試練場に来たところで、レナードとイライザという、珍しい組み合わせを見つけたわけだった。

「なんだ？　特訓してんの？」

ブレイドは声をかけた。

「えっ？　なになに？　特訓っ？」

特訓大好きのアーネストが、すぐに反応してくる。

「ええまあ。……ただお二人とも、役には立ちそうにないので、どっか行ってもらえますか」

「どっか、って言われてもなー」

これから大怪獣が暴れるので、みんな、試練場から避難してくれー、と言おうとしていたところだった。

「やってみる前からダメ出しされたっ!?」

アーネストはショックを受けている。

「なんでも出来てしまえる超生物たちに、底辺近辺で這《は》いずる地虫の気持ちと苦労は、わからないと思いますよ」

「たちとか言われたっ！　わたしも超生物扱いされてるっ⁉」

アーネストがまたショックを受けている。アーネストも、もう充分に非常識で、充分、超生物だと思うのだが。

物質化《マテラライズ》やら、不死のエネルギー生物やら……。

炎化およびそれからの復元により、アーネストはおおむね不死身の存在となっている。心が折れない限り、その存在が滅びることはなく、そしてアーネストの心は決して折れたりしないのだから。

「最近じゃ、魔剣なしで変身するしなー」

「そういえば、《アスモデウス》って、もういらないのよね」

《――!! 使って!! 使ってくりぇぇ!! 主《あるじ》っ! 捨てないでぇ!》

「まあ、強度的には、これに勝る剣なんてそうそうないし。折れても復活するし、便利だから、まあ捨てやしないけど」

とか言って、アーネストは《アスモデウス》をぱきんと折った。

用もないのに折られても、従順な魔剣は、ごうっと燃え盛って刀身を復元する。

「変身を身につけたいのは、レナード氏ですね。私は変身のほうでなく、単純に、気の習得のほうです」

「お? ようやく気の練習をする気になったのか」

イライザはまったく気を使えない。
以前――ブレイドが学園に来た当初であれば、下級クラスの生徒のほとんどは、気を使うことができなかった。普通に使えていたのは上級クラスだけだった。
だがしかし――。度重《たびかさ》なる〝実戦的訓練〟により、負荷をかけ続けた結果、下級クラスの全員が気を扱えるようになった。ただしイライザは除く。

「じゃあ、まあ……。無駄だと思いますけど。教わることにしましょうか。なんでしたっけ？　気の体内感覚？　さっきもレヴィアから初心者向けの練習法を教わっていたんですけどね」

「体内にあるもやっとした流体を認識して、それを留めたり、回していったりする〝循環法〟を――」

「へー、そんなやりかたでやってんだー」


練習法を聞いて、ブレイドは感心していた。はじめて聞いた。


「なによブレイド？　知らないの？　基本中の基本でしょ？」

「そうなんだ」

「そうなんだ、って……。じゃあ、あんたはどうやって気を使えるようになったのよ？」

「そりゃ、気を使えるようになるには――」

「……使えるようになるには？」

「――使えるようになるのが、一番だろ」

「ごめん。なに言ってるのか、よくわからない」

「だからさ。たとえば速く走れるようになるには、セントールにロープを使って引っぱってもらったりするじゃん。空を飛べるようになるには、飛べるやつに空に連れていってもらって、高いところから落としてもらったりするだろ」

「しないわよ。――ていうか、あんた飛べるの？」

「気を推進に使う技と、空中に足場を作る〝天駆〟って技なら使えるぞ。飛行、って感じじゃないけどな」

「超生物」

「本当に飛べるやつに言われたくない。物質化《マテラライズ》でイビルウィング出せるじゃん」

「そだった」

「――で？　私はなにをすればいいんでしょう？」


ブレイドは、イライザに向き直る。


「なにもしなくていい。俺が気を強制的に流していくから。それを感じるだけでいい」

「ああ。なるほど。そういえば下級クラスの皆が突然気を使えるようになったのって、気の伝導体役を務めたからでしたっけ」

「アーネスト、おまえはレナードのほうを教えてやってくれ。――レナードもそのほうが嬉しいだろ?」

「心遣い……、痛み入るね」

「超生物に教わるほうがいいんじゃないの？　なんで私のほうが嬉しいの？　……なんか気持ち悪いわね」

「マイロード……」


レナードが、がっくりと膝をつく。


「先輩！　がんばって！　このくらいで折れる先輩じゃないはずです！」

「ほら後輩が見てるわよ」

「ふっ……、ふふっ……、僕は何度でも立ちあがろう」

復活してきたレナードに対して、アーネストは腰に手をあて、気軽な感じに言った。

「さて……。じゃ、燃やすから。あなたも変身する感覚を掴《つか》みなさいね」

「は？」

レナードは、口をぽかんと開けた。

指先を耳に入れて、右をほじって左をほじって、それからもう一度アーネストに顔を向けて、もう一度プリーズ、という顔をする。

「だから、燃やすわよ」

「そ、それは……、し、死んで……しまうのでは？」

「当然でしょ」

「え？　えーと……？」

「変身したいんでしょ？」

「あ、はい……？」

「いっぺん死んで、それから生まれ変わるのが、変身ってものよ」

「そ、それは……、魔剣の所有者であるからこその……」

レナードが、たどたどしい口調で、そう言いかけると――。
アーネストは、《アスモデウス》をぽいっと投げ捨てた。

「所有しないでも。できるわよ」

ぼうん。
人の大きさの炎が立ちあがる。そして人の形をした炎が生まれる。
アーネストは魔剣なしで変身した。

《あるじー!!　所有してえぇぇ!!　捨てないでくりぇ――っ!!》

がたがたと騒がしく振動してから、《アスモデウス》が小さな炎に変じて、大きな炎に飛びこんでゆく。

《それじゃ、やるわよ？　――ちょっと熱いからね》

炎の魔神は、その両の腕《かいな》で、レナードの体を優しく抱きしめた。

死に対する恐怖は、抱擁《ほうよう》の誘惑に、勝つことができなかった。

レナードは、抱かれ、そして焼かれていった。

「ああ……、ああっ！　このまま死んでも悔《く》いはない！」

「先輩！　先輩っ！　せんぱあぁぁ――い！」

身を焼かれながら、レナードは歓喜に震えている。レヴィアは絶叫している。

○SCENE・Ⅳ「ブレイド・サイド」

かたや、ブレイドたちの側では――。


「あばばはばばばばばッ！」

「もうちょっと出力を高めていくからなー？　いいかー？　いいなー？」

「うばばばばばばばばばばばばばば！」

イライザは返事のできる状況にない。

高圧電流で感電したかのように、髪の毛は逆立ち、全身はピンと突っぱって硬直している。

口から洩《も》れ出している声も、声を出そうとしてのものではなく、収縮する肺が出しているものだった。

両肩に置いたそれぞれの手から、ブレイドは気を流しこんでいた。

右肩から流しこまれた気は、下半身から頭頂まで、全身をぐるりと一周して左肩から抜けてゆく。全身の体細胞は強制的に気の洗礼を受ける。

「いびびびびびびびびびびびびびびびびびびび！」

さらに出力をあげる。

「先輩！　せんぱい！　せんぱいぃぃぃ！　――やめてください！　先輩が死んでしまいます！」

「いや大丈夫、大丈夫。こっちはべつに死ぬまでやるわけじゃないから。――本気で死なせようとしているのは、あっちだろ」

え？　――と、黒髪を残す勢いで、カレンは振り返った。

レナードの全身が燃えあがっていた。「先輩！　先輩！」と、半狂乱になっているレヴィアの声もようやく耳に入った。

「きゃあああぁぁ――っ！」

その惨状《さんじょう》に、カレンは絶叫した。顔を押さえる。爪が肌に食い込む。

――と。

炎が急速に収まってくる。

《――あら？》

炎の魔神が、意外そうな声をあげ、身を離した。

レナードの姿は、そこになかった。

かわりにあったのは、鏡の鎧《よろい》で全身を覆《おお》われた、騎士の姿だ。

《これは……?》

騎士が自分の手を腕を——まじまじと見ている。

《思っていたのとは、ちょっと違ったけど。——それって〝変身〟って言ってもいいんじゃないの?》

鏡の騎士の全身を包むのは、高度に圧縮されたバリアだった。

これまでは、ただ、ドーム状に展開することしかできなかった。

そのバリアを、体の至近距離に展開させた。体に沿わせる形状で。体を覆う鎧の形状にて。

そうでなければ、炎の抱擁を受けている状況で、〝死〟を回避することは能《あた》わなかった。

《貴方《あなた》の弱点はね。イケメンであるところよ》

《マイロード……》

「スカしているところ。エレガントであろうとするところ。ルネにもそういうところがあって、それが壁になっていたみたいだけど。彼女はそれを壊して一段上にきた。そしてあなたの壁は、この私がいま壊してやったわ。——感謝なさい」

《マイロードよ……！　おお！　マイロード——っ!!》

魂を震わせるような思念が響く。

「ちょ……!?　そこまで大げさに……？」

アーネストにはわからない。

自身が全てを捧げる主《あるじ》の手で、一つ、上の高みに引き上げられた者の歓喜など。

《いつもスカしていて鼻持ちならないあなただけど。今日はちょっと死に物狂いになって、ちょっとカッコよかったわね。——見直したわよ。ちょっとだけど》

《おおおお——っ!!》

鏡の騎士——レナードは、吠え猛《たけ》った。

○SCENE・Ⅴ「イライザ・サイド」

かたや、イライザの側では——。

《これは……、いったい……》

イライザは全身を光らせ、空中に浮遊していた。膨大《ぼうだい》なエネルギーがその身に留まっている。

「あれぇ……?」

思ったのと違う結果に、ブレイドは首を傾《かし》げていた。

強引に気脈をこじ開け、気の使い方を体に覚え込ませる——はずが、なんか別の種類のエネルギーが発生している。

青白い輝きに包まれて浮遊するイライザは、その手を、軽く振ってみせた。

ぶおん、と、エネルギー風が吹き抜ける。腕を振り抜いた軌跡にそって、地面がごっそりとえぐり取られている。破壊されたのでも、吹き飛ばされたのでもなく、ただ消滅した。

《おお……、すごいですね、この力。……ところで？　計測の結果は》

「はいっ！　ただいま計測中です！」

「凄《すご》い！　凄いぞイライザ師！　物理法則が書き換えられている！　作用と反作用の結果でなく、事象が直接、発生している！」

カレンとジェームズが、なにか装置をいじってエキサイトしている。

《そうですか。膨大な演算が私の意識のバックグラウンドで処理されているのを感じます。この力は、この事象は、私の演算能力によるものですね。私はこの力に名前を与えましょう……。理力。そう。〝理力〟とでも名付けましょうかね》

「イライザは？　気が使えるようになったの？」

隣にきたアーネストに、ブレイドは肩をすくめてみせた。

「さあ……？　なんか違うけど。ま。いいんじゃないかー」

これでもう、ザコとかモブとか言われないはず。
レナードとイライザは進化した。変身と謎の力に目覚めた。

第七話　「なんでも言うこと聞く券」

○SCENE・I　「対巨獣戦闘訓練」

「三班！　右から回りこめー！　一班！　二班と交代！　二班は気を練《ね》っとけー！　隙《すき》が出来たら合体大技やるからなー！」

いつもの試練場。いつもの午後の実技教練。
しかし今日は放課後まで授業を延長して、特別な〝実戦的訓練〟を行っていた。
対巨獣《きょじゅう》戦闘訓練。
全校生徒、総出である。
今日のブレイドは指揮官役。

小隊に指示を飛ばして、〝巨獣〟をいかに仕留めるか、追い詰めてゆくのか、皆に経験を積ませている。

そして戦う相手である巨獣には、〝実物〟を用意した。

「うわーん！　みんなひどーい！　よってたかってー！　もおーっ！」

そんな声をあげながら、巨獣が、どっすんどっすん、暴れている。

クレアだった。

サイズ差は優に十倍。身長十数メートルの巨体は、建造物でいうならば六階建てぐらいに相当している。

以前、イライザの研究室における〝事故〟によって、クレアは巨大化能力を獲得した。人呼んで、〝クレア・マウンテン〟――。

その能力を生かして、対巨獣戦闘訓練における、生きた教材を務めているのだった。

「もうっ！　ちょこまか！　ちょこまかとーっ！　もー、本気出しちゃうからねー！」

足許《あしもと》をちょろちょろと動き回る生徒たちに対して、クレアは踏みつけ攻撃に及んだ。

これだけのサイズ差があると、ただ足で踏むだけで、充分な攻撃となる。

だが生徒たちも容易に踏まれたりしない。

連携の取れた動きで、引いては寄せてを繰り返す。まるで波のように、集団が一斉に動く。

――と。

その集団の動きから、遅れる者がいた。

カシムだ。

妙に動きがぎこちない。皆が引いてもその場に残っていたりする。

「おいカシム！　しっかりしろ！　あぶないぞ！」

同じ班のクレイが声をかける。

だがカシムの動きは、精彩を欠いたまま。

「あっ……、あうっ……」

頭上に迫る巨大な足の裏を、カシムは硬直した体で見上げるばかり。


「えーいっ！」

クレアの足が踏み下ろされる。

ぷちっ——と、カシムは踏み潰された。

「えっ？　ええーっ!?　えええええ——っ!?」

クレアが大声を上げる。まさか本当に踏み潰してしまうとは思っていなかったようだ。

「カシム!? カシムーっ!? ごめん! ごめんねっ!! いま直すからっ!! すぐ直すからあぁ――っ!!」

○SCENE・II「カシムのトラウマ」

「カシム! カシムーっ! しっかりしてーっ!」

抱きしめたカシムを、クレアが揺さぶっている。

踏み潰されたカシムは、馬車に轢《ひ》かれたカエルのようで、モザイクが必要な有様となっていたが――。直後だったので、クレアの復元能力で問題なく元に戻すことができた。

だがカシムが目覚めない。

「カシム! カシムやだーっ! 目を開けてよ!」

クレアはカシムを抱きしめて半狂乱だ。

「オレ……、このままおっぱいの中で死んでもいい」

「えっ？」

クレアは、まばたきを繰り返した。

腕の中のカシムは、目を閉じたままだが、その顔は緩《ゆる》みきったにやけ顔になっている。

カシムは目覚めないのではなく、押しあてられるおっぱいを堪能《たんのう》していただけだった。

「か……っ!?　カシムのばかーっ！　えっちーっ！」

「ふごおっ！」

張り手が飛ぶ。頬《ほお》を張られた勢いで、カシムは体ごと回転して飛んでいった。

「今日は、ここまでにするか？」

「あっ、暴力ヒロインってああなのね。ああいうタイミングを狙えばいいのね」

なにか感心しているアーネストに、ブレイドは言う。

負傷者も出たし。時間のほうも授業時間はとっくに過ぎていて、放課後の延長戦に突入しているし。

対巨獣戦闘訓練は終了した。

○SCENE・Ⅲ「クレアのごめんなさい」

「あっ！　カシム待って――！」

クレアはカシムを見つけると、その背中を追って走った。

「ん？　どした？　クレア……？」

カシムは立ち止まって振り返り、クレアを待つ。

「あのね！　謝りたくてっ！」

「もう充分に謝ってもらったって。べつにいいよ。なんともなかったんだし」

実際には、なんともないことはなくて――。控えめに言ってもハンバーグの材料ぐらいの感じにはなっていたが、クレアの復元能力によって、なんともないことになっていた。

「私、カシムのこと踏んづけちゃったけど、それって、カシムの動きが急にぎくしゃくしたからだよね」

「オレのミスだって言いたいのか？」

じろり、とカシムに視線を返されて、クレアは大慌てで言い直した。

「ちがうのそうじゃなくって！　いつもの動きじゃなかったから……、なんか、あるのかなって……」

カシムは学園随一《ずいいち》の回避力を持っている。女帝《エンプレス》二人および、最近、身につけるようになったサラを含めた三人から、〝ぎぬろ〟あるいは眼力砲の集中砲火を浴びても、一発もかすらせることなく、避けきっている。〝台所の黒いヤツ〟の異名を欲しいままにしている。

そんなカシムが、無様に踏んづけられるなんて、考えられない。

クレア自身、踏みつけ攻撃は行っていたが、踏まれるような鈍い者が出るとは思っていなかった。未熟な下級生であればともかく、犠牲者《ぎせいしゃ》がカシムというのが、なおさら納得がいかない。

「えっとさ……」

カシムはあっちを向いて、こっちを向いて、しばらく迷う素振りを続けたあと、やがて意を決したように、クレアに向いた。

「オレさ……、じつはちょっと苦手でさ……」

「苦手？」

「ああ、うん……。巨大な相手がさ……」

「そうなんだ……」

「でっかいやつって、大抵動きは遅いからさ。ぜんぜん、大丈夫だって、頭ではわかっているんだぜ？　わかっているんだけど……。でもビビっちまって……、体がいうことをきかなくてさ……」

「そう……だったんだ」

クレアはショックを受けていた。

カシムが巨大生物にトラウマを持っていたなんて知らなかった。ぜんぜん気づいてあげられなかった。友達失格だ。

「だからクレアのせいじゃないから。気にすんな」

明るく笑って、カシムはそう言う。だがクレアには、その明るい顔に、どことなく陰があるように感じられた。

「あのね、カシム。特訓とかするなら、いつでも付き合うから。……遠慮《えんりょ》しないで言ってね？」

「ああ。そんときは頼むわ。——じゃな」

カシムは手を振ると、歩き去っていった。

○SCENE・Ⅳ「イエシカに相談」

「ふぅん……。カシムのやつ、トラウマっちゃってるのねー……」

「そうみたい」

夜。イエシカと同室の、寮の部屋。

灯りも落として、闇の中。

お互いにベッドに入っているが、天井を見つめながら「お話」をしている。そんな時間——。

今日あったことを何気なく報告するそのなかに、カシムの話も含まれていた。

「特訓なら、いつでも付き合うよって、そう言ったよ」

「そりゃまあ、責任もあるしねぇ」

責任？　なんの責任だろ？　今日、踏んづけちゃった責任？

「それは許してくれたよ。あとで追いかけて謝ったんだ。そしたらカシム、クレアのせいじゃないから、って言ってた」

「カシムも、おっとこのこねー、強がっちゃってー」

「だけど、カシム……。なんでトラウマになっちゃったんだろうね？」

「へ？」

イエシカが変な声をあげている。

「え？　だから、トラウマの原因、どうしてだろう……って？」

「え？　え？　本気？　それって……、マジで言ってる？」

「マジって、なにが？」

闇の向こうで身を起こす気配がある。クレアも身を起こした。相手の姿は見えないが。

「あっちゃぁ……。こりゃぁ、カシム……、浮かばれないわ……」

「えっ？　えっえっ？」

ものすご～く大きな溜息が、闇の向こうから伝わってくる。

「えっ？　なになに？　なんなのーっ……？」

「なにって、カシムのトラウマ……、クレア、あんたのせーでしょうが」

「えっ？」

クレアは固まった。

「なに驚いているんだか」

「えっ？　ちょっと待って待って待って！　なんで私のせいなのっ？」

「まえに、クーのママ——放蕩姫《ほうとうき》がやってきたときって、結構、ピンチになったじゃない？」

「う、うん。大変だったよね」

クーのママは何回かやってきていて、何回かピンチになっているが……。最近のほうは、王都が更地《さらち》になるくらい大変だった。

「最後のほう、クーママがマザーちゃんと大決戦になったけど。みんな動けなくって、加勢できそうなのは、そのとき動けたカシムぐらいで——」

「あー、うん、そうそう」

クレアはだんだんと思い出してきた。

「ビビって尻込みしていたカシムに、クレア言ったじゃない。〝おねがい〟——って」

「うん。言ったっけ。それでカシム、戦ってくれたよね。でも全然……、役に立っていなかったんだけどねっ」

クレアはくすりと笑った。カッコがつかないところが、カシムらしい。

「なーに、いい話にまとめてんだか」

「えっ？」

てっきりイェシカも笑ってくれると思ったのだが。

「こーの、無自覚残酷《ざんこく》ヒロインめが」

「えっ？　えっ？」

なんで責められてるのーっ!?

「あんたにお願いされて、カシム、ガラにもなく張り切っちゃって、その結果、放蕩姫に踏み潰されたんでしょーが」

「あっ……」

クレアは完全に思い出した。

さっきまでは、「あんまり役に立っていなかったねー」くらいの漠然《ばくぜん》とした思い出だったが……。

いまや、はっきりと思い出してしまった。

「体が半分潰されたカシムは、あんたのおっぱいの中で幸せそうに息を引き取って――」

「あー！　あー！　あー！　やめてやめて！　思い出したから！」

「やっぱり忘れてたんだ」

呆《あき》れた声で言われる。

「あとね！　でもね！　カシムね！　死んでないから！　息は引き取ってなかったから！」

「あれはもうほとんど死んでたっしょ。破片になってたし。体の下半分は潰れてたしー。スプラッタでしょ。仮象《VR》ならモザイクかかるやつよ」

「言わないでー！　言わないでー！」

「自分でけしかけといて、すっかり忘れているなんて、なんて罪なオンナ」

「ああーっ！　ああーっ！　あーっ!!」


クレアは頭を抱えて、ベッドの上でごろごろと転げ回った。


「こ、これって……、いまさら謝っても、許してもらえないよね？」

「いや許してもらえてるでしょ。クレアのせいじゃない、って、言ってもらえたんでしょ？」

「そうだけど……、でもっ……」

「ごっめーん☆　忘れてたぁー☆　てへぺろ☆　──とか、ゆったら、まー傷つくのは確実よね」

「ううう……」

「なに言ったって傷つくんだから、黙っておいたらいいんじゃない？　向こうも、まさかクレアが綺麗《きれい》さっぱり忘れているだなんて、思ってもいないだろうしー」

「ううう……」

布団をかぶったクレアは、うなり声をあげるばかり。

「けどそれじゃ、気が済まないんだ？　そうなんでしょ、クレア？」

「うー……」

「うー、じゃ、わかりません」

母親みたいな声で、イェシカは言う。

「……うん。……謝りたい」

「じゃ、謝ったらいいいんじゃない？」

「いいのかな？」

「素直にぜんぶ話して、忘れてたことも含めて、きちんともう一度謝って……。それで余計に傷つけちゃうだろうから、お詫《わ》びの品とかを用意してさ」

「プレゼント？　……カシム、なになら喜ぶかな？」

「そんなの簡単よー。生パンでも包んどきゃ、ご機嫌よー」

「生？　焼いてない……、パン？　それって一個でいいの？　何個？」

「は？」

イェシカは、まじまじと親友を見つめた。暗闇の中で見えやしないが。

「えっと……。しまったー、そこからかー……」

「えっ？　どこから？」

「あのね、つまりね」

「うん、うん」

「使用済みのね？」

「使用済み？　焼きたて、とかでなくて？」

「いや、うん……、いいや、もう……。そーねー、いったいなになら、喜ぶだろうねー、カシムはー」

「そうだねー」

イェシカの話は、なんだかよくわからなかったが……。

クレアはカシムがなにを貰《もら》ったら喜ぶのか、お詫びの品ないしはプレゼントに関して、自分で考えはじめた。

○SCENE・V「プレゼント」

「どした？　クレア？　こんなところに呼びだして？」

翌日の昼休み。
クレアはカシムを呼びだしていた。

「あのね、この前のこと、謝りたくって」
「なんだよ？　またかよ？　べつにいいって、このまえ言っただろ？」
「うん。そうなんだけど……」

——と、そこでクレアは、ちらっと近くの繁《しげ》みに目をやった。

ブレイド、アーネスト、ルナリア、ソフィ、クー、イオナ、イェシカ、クレイ、レナード、マリア、イライザ、サラ……と、まあつまり〝全員〟がいた。

隠れている者も、隠れているつもりの者も、まったく隠れる気のない者もいる。

ブレイドなど、手にした皿のカツカレーを食っている。

クレアから視線で助けを求められたイェシカは、握った拳を突き出して、ゴーゴーと励《はげ》ましを与える。


「えっと。……怒らないでね？　私、カシムがトラウマになっちゃってたこと、じつはすっかり忘れちゃってて……。私がお願いしたから、カシムは放蕩姫《ほうとうき》さんに踏み潰されちゃったんだよね？　それでトラウマになってたんだよね？」

「いや、それはクレアとは関係が――」

「――ほんとのこと、話して？」

「あー、うん……、まあ……。そうだけど」

カシムは悪さでも白状するように、そう言った。

「でも言いたくはなかったなー。カッコ悪いし」

ぽりぽりと、ほっぺたをかく。

「うわー、おっとこのこ～」

こちら側では、イェシカがそんなことを言っていた。

「なんで男の子になるんだ？」

わからなかったので、ブレイドは聞いてみる。

「やせ我慢してるところー、……かしらね？」

「なんだって!?　やせ我慢ができると男の子なのかっ!?」

驚きの新事実。

男の子の〝フツー〟は、やせ我慢にあったのだ！

「うんそうかも。すくなくとも、きゅんとくるわよ」

と、そこでイェシカは、アーネストあたりに視線を投げかける。

「え？　わたし？　わたしはカシムなんかに……」

と、そこでアーネストは、周囲がカシムに向ける好意的な視線に気がついて、咳払《せきばら》いをひとつ――。

「おほん……、ま、まぁ……、カシムにしては、頑張ってるほうなんじゃない？　ダメ出しされていないなんて、すごいわよ」

褒《ほ》めてもらえる基準点が、カシムはひどく低かった。

「カシム本当にごめんなさい」

「だからいいって」

「そうじゃないの。忘れちゃってたことのほう。ほんとうにごめんなさい」

「あー……、まー……。オレにとっては、いつものことだし」


カシムが哀しいことを言っている。

「くうううぅぅ……、そうだね！」


こちら側では、激しく同意している者がいた。

レナードだ。涙まで流してうなずいている。

「それでねっ！　お詫《わ》びの気持ちっていうか、プレゼントっていうか――。はい、これっ！」

クレアは紙切れをカシムに差し出した。

「なんだこれ?」

受け取った紙を、カシムが見る。

「えーと、なになに……? なんでも言うこと聞く券……、だとお!?」

ざわっ、と、カシムの髪が逆立った。

「うん。カシムがなに喜ぶのか、わかんなかったから……。ごめんね。幼馴染《おさななじ》みでずっと一緒にいるけど、カシムの好みとか、よくわかんなくって」

「なんでも……、言うことを聞いてくれる……、券……」

「うん。わかんないんだったら、カシムに決めてもらえばいいんだって、私、気づいちゃったんだー」

クレアは得意げに笑っている。

「なんて危険な思いつき……」

イェシカが呻《うめ》いた。

「ちょっとイェシカ！　なんで止めなかったの！」

アーネストがイェシカを問い詰める。

「知らなかったのよ！　クレア、自分で考えてみるって言っていて……」

「考えた結果が、あれなの!?　よくもまあ、そんな危険なものを——」

憤《いきどお》っているアーネストの服の裾《すそ》を、ブレイドはちょいちょいと引っぱった。

「なーなー？」

「なによ？」

「あれって危険なものなのか?」

「あったりまえでしょ！　わからないの!?」

「わからないから聞いているんだけど」

「いいこと？　あの券は、〝なんでも言うこと聞く券〟よ」

「そうみたいだな」


カシムの持つ紙には、そう書いてあるっぽい。


「つまり！　なんでも言うことを聞かせられるわけよ！」

「そりゃそうだろ」

「なんでも、よ！　なんでも！　――なのよ！」

「そうなんだろ。――そう書いてあるんだし。そうじゃなきゃウソになるだろ」


ブレイドは当然だとばかりに、そう言った。ウソいくない。

「ならもう、わかったわね？　あれがどれほど危険なシロモノであるかを！」

「だから、わかんねーってば」
「あんた、バカ?」

馬鹿にされたー!

「おいヤバいんじゃないか?　カシムのやつ、きっと止まらないぞ?」
「私のハイスペックな計算によれば、カシムが〝ある種〟のお願いに到達する確率は、限りなく一〇〇%に近いです」

カシムの親友であるところのクレイが、ぶつぶつとつぶやいている。イオナがハイスペックな確率計算をやっている。

「なーなー?　〝ある種〟のお願い——って、なんなんだ?」
「まずいですね。エロガキに持たせたら、最高に危険な代物《しろもの》ですよ。あれは」

マッドサイエンティストも〝わかる側〟らしい。

レナードとかルナリアとかソフィとかマリアとかも、難しい顔をしている。

「サラは……、わかるか？」

最後の一人に、きーてみる。

「うーん……、なにが、あっぶないいんだろう……？」

よかった！　年少組は、〝こっち側〟だった！

「カシムさんのお願いしそうなこと、お願いしそうなこと……、あっ！」

サラが声をあげる。なにかに気づいたっぽい？　ブレイドはサラに注目した。

「カシムさんだと、きっと、えっちなやつだぁ……」

なるほど！　えっちなやつか！

……って、〝えっち〟って、なんだったっけ？

はだか、は、えっちらしい。ぱんちら、とかいうのも、えっちっぽい。せくはら、とかいうのも、えっちと関連性があるっぽい。

「えっ？　でもっ？　〝なんでも〟ってことは、なんでもなわけだから……」

サラはさらに思索を進めている。

「ええっ!?　……て!?　……いうことはぁ!?　あああーっ！」

サラが叫び声をあげる。

「サラちゃんも、気づいたようね？」

アーネストが親指を上げてサムズアップしてくる。

「カシムさん……、さいってー……」

なになに？　なんなのーっ？

なにが最低なのーっ？

ブレイドは、やっぱり取り残されていた。

「じゃあ、よく考えて決めてね」

「なんでも……、いいんだよな？」

「うん！　なんでもいいよ！」

クレアとカシムが、そんなことを話している。

〝なんでも言うこと聞く券〟の使い途《みち》は、持ち帰って決めるようだ。

○SCENE・Ⅵ「緊急女子会」

その夜、緊急で女子会が招集された。

クレアを囲んで、寝間着《ねまき》姿の女子一同が腰を下ろしている。

ブレイドもお菓子目当てで、その場にいた。ついでに〝アブナイ〟の意味がわかるかも？　という期待もすこしあった。


「まったく、クレアってば、あんな危ないものを、よくも――」

「えっ？　なんで？　なにが危ないの？」

「天然か！」

「天然……って、ひどいよぅ」

「ねえこれ？　本当にわかんないのよね？　ぶりっ子してるんじゃないわよね？」

アーネストは、みんなに聞いてみる。

「表情、および仕草から、嘘をついているとき特有の反応は検出されません」

「親友歴十ウン年のあたしが保証しまーす。これ白なのよ。だから困ってんのよ」

イオナおよびイェシカが、そう言って肯定する。

「ねぇ……？　なんで私、叱《しか》られているのかな？」

「あぶない火遊びをしているからでしょーが！」

アーネストに怒鳴られても、自覚のないクレアには、まったくピンとこない。

「なんで私、怒られているんだろう？」

「カシムに渡した危険物のせいでしょうが……」

「危険？　なにが？　〝なんでも言うこと聞く券〟をあげただけだよ？」

「それが危険なのよ」

「だからなにが危険なの？」

また大声をあげるかと思ったアーネストは、不意にブレイドのほうに顔を向けた。

「ところでブレイド？　女子会にいるのはいつものことだから、それはいいんだけど……。さっきから、なにやってんの？」

「やせ我慢」

ブレイドは〝空気椅子《くうきいす》〟の体勢を保ったままで、そう返した。

さっき、いいことを聞いた。〝やせ我慢〟が男の子の〝普通〟でありコモンセンスであるのだと……。

よってブレイドは実践《じっせん》中だった。絶賛、やせ我慢中である。

「そ。頑張ってね」

アーネストが応援してくれた。

「この娘には、迂遠《うえん》に伝えようとしても無駄なのではないか？」

　マオが言う。


「無駄って……、ひどいよぅ」

「もう直接言ってしまえばよいのではないか？　カシムがなにを望んでいるのかを」

「えっ？　カシムがなにで喜ぶか、マオちゃん、わかるの？」

「無論だ」

「教えて、教えて」

「それは、セッ――」

「――どおりゃあぁーっ！」

　言いかけたマオに、アーネストの肘鉄《ひじてつ》が飛ぶ。

　もろに食らって、マオはよろける。

「なにをする？」

「言っちゃだめ！　それは口にしちゃだめでしょ！」

「なぜだ？　生物として、当然の欲求ではないか」

「……セッ？　……なに？」

「なんでもないのよ！　なんでも！」

「言いかたを変えるならば、交──」

「──ふんぬらばーっ！」


クロスチョップが、マオの胸にヒットする。


「なにをする？」

「だから！　言うなーっ！」

「……交？　……なに？」

「正妻よ。表に出ろ」

「いいわよ。やったろうじゃないの」

「あっ？　ちょっと？　ねえ——教えて？」

クレアが引き止めるが、二人は出ていってしまった。

裏庭のあたりから、どったんばったん、どごーん、ばごーん、音が聞こえてくる。

ケンカは試練場でやれっての。

○SCENE・Ⅶ「カシム、悩みまくる」

「う～ん……、う～ん……」

カシムはベッドの上でごろごろと転がっていた。

「む～……、む～……」

手にした〝なんでも言うこと聞く券〟をじっと見つめて、妙な声をあげるばかり。

　同室のクレイが、その奇行に対して、ずいぶん長いこと声を掛けるかどうか悩んでいたが……。思案の結果、呼びかけることにした。


「なぁ、カシム？」

「なんだ？」

「わかっているとは思うが……」

　クレイは遠慮《えんりよ》がちに、そう切り出す。

　使い途に関しては自重しろよ、と言わんとしたのだが——。

「わかってるよぉ！」

　言うまえに、叫ばれてしまう。

「そ、そうだよな……」

さすがにカシムもわかっていたか。

「オレだってわかってるさ。……いくら〝なんでも〟っていったって、あんなことやこんなことを頼んじゃだめだっていうことくらい！」

「そ、そうか……」

クレイはほっとした。

皆からの圧がすごかったのだ。〝きちんと釘を刺しておけ〟という圧が……。

べつに直接言われたわけではないが、視線というか雰囲気《ふんいき》というか、とにかく四方八方から、ものすごかった。

カシム自身もわかっているなら、それでいい。釘を刺す必要はなかった。

ああ、よかったよかった。

「でもよー！　チャンスだろ！」

……よくなかった。


「かつてない大チャンスだろ！　このチャンスを逃したら！　オレ、一生チャンスがこねぇかもしれないじゃねぇか！」

「いやそんなことは――」

「いいや！　あるね！　ないね！　絶対だね！　〝ないかもしれない〟じゃなくて！　絶対確実に〝ない〟のほうだね！」

「そんな大げさな……」

「いいや！　オレ一生、超進化できない！」


カシムは言い切った。断言した。


「ほ、ほらおまえだって、皇帝モードだったら、ファンクラブできてたろ？」

「こんなんオレじゃないし！　みんなが好きなのは〝きれいなカシム〟であってオレじゃねーもん！」

左手をばしばしと布団にぶつけて、カシムは慟哭《どうこく》する。

「いやー、そうでもないかもよ？　一人くらいはファンの娘《こ》も残っていたりするかもよ？」

「いーや！　ないね！」

「そうかなぁ……」

親友をよく見ているクレイは知っている。

カシムのことをいつも目で追っている女の子がいるのだ。皇帝カシム親衛隊の隊長をやっていた、下級生で、ツインテの女の子だ。

「絶対にありえないね！　オレのこと好きな女の子なんて！　オレにスカートめくりされて喜んじゃう女の子なんて、いるわけがないね！　物理的にありえないね！」

物理的にないのか。

そこまでわかっているなら、スカートめくりをやめればいいいんじゃないだろうか。

「まー、それはともかく。クレアなんだけど」

「そうなんだよー。クレアになにを〝お願い〟するかが問題なんだよなー」

「頼むぞ？　ほんとに……」


クレイは親友の良心に期待するしかなかった。

○SCENE・Ⅷ「なんでも言うこと聞く券」

「ねっ……、か、カシム……、なにするか、か、考えてきた……？」

「お、おうっ……、か、考えたぞ……」


昼休み。

待ち合わせ場所となった中庭の噴水前で、クレアとカシムは向かい合って立っていた。

周囲の繁《しげ》みは満員だった。

皆が昨日と同じ位置にスタンバっている。

「なー、これ？　なんで俺たち、隠れてんだ？」

「お約束ってやつよ」

「なんだ？　お約束って？」

「しっ、黙って！　見つかるでしょ」

「なんでこれで見つかってないと思ってんだ？」

噴水広場を囲むように、あらゆる繁みに、人員がぎゅう詰めだ。お尻が出ている人間もたくさん見える。

クレアもカシムも、とっくに承知の上だと思う。むしろ気づいていなかったら驚きだ。

「あのね、えっとね、なんかみんなにいろいろ言われちゃったんだけどね……」

「お、おうっ……、オレもっ、いろいろ言われてさ……。まあ、それでよく考えてみてさ……」

二人、なかなか本題に入らない。

繁みのこっち側から見ているアーネストが、しびれを切らす。

「結局、クレアには伝わったの？　どうなの？」

隣のイェシカを、肘でつついて問いかける。

「いやー、どうなんでしょー。……ま、えっちなことなんじゃないかなー、くらいには理解したと思う。……思いたい」

「がんばったのねー。えらい」

「犬に芸を仕込むほうが楽だったわよぅ」

「よしよし」

イェシカが、よしよしされている。

クレアは犬以下らしい。

「やっぱり！　えっちでよかったんだっ！」

サラが、ふんす、と、ばかりにエキサイトしている。

「あのさ——!?」
「うん——なに!?」

クレアとカシム。向き合う二人は、ひどく緊張していた。
その緊張が、繋みのこちらにも伝わってきたかのように、みんな、声を殺して、成り行きを見つめる。

「クレアはさ……、な、なんでもいいって……、い、言ったよな?」
「い、言ったけど……。あ、あんまり、えっちなのは……、だめだよぅ?」

探りを入れ合うような会話が交わされる。

「わ、わかってるよ……、じ、じゃあさ……、そんなにえっちじゃなければ……、い、いいんだよ、な？」

カシムが攻めに出る。

「う、うん……、すごい、えっちなのじゃなければ……、だ、だい……だいじょうぶ……、だと、思うよ？」

クレアが受けに回る。

「じゃあさ――!!」

カシムが、突然、大声を出した。

「――!!」

クレアがびっくりしている。繁みのこっちの面々もびっくりしている。

カシムは意を決した顔になり――。

「ほっぺにチューしてくれーっ！」

――目を閉じて、大きな声で、そう叫んだ。

「え？」

クレアは目を見開いている。

「だ、だめか!? えっちすぎたか!? ああっ！ ちくしょう！ もっと控えめなのにしておけばよかったーっ！」

「べつにそれだったらいいけど」

クレアはすっと近づいて、なんのためらいもなく、カシムのほっぺにくちびるをあてた。

ほんの一瞬だったが、たしかにそれは、「ほっぺにチュー」だった。

「わっ」

カシムはほっぺを押さえて、立ち尽くしている。驚きのあまり、硬直している。

「もう、カシムってば。大声だすから、びっくりしちゃったよー」

「……」

カシムはチューされた場所を、撫《な》でさすり。まだ声も出せずにいる。

「なーなー。サラ先生」

ブレイドは隣にいたサラに声をかけた。

「はい？　先生？」

「ほっぺにチューは、あれ……えっちなん？」

「べつにえっちじゃないと思いますよ」

そう言ったサラは、ブレイドのほっぺに、ちゅっとやってきた。

「友達とかへの、親愛のしるしです。アッシュにも、よくしてました」

「だよなー」

「ですよねー」

と、二人で視線をカシムに戻す。

「なんかすごく……」

「……よろこんでますよね？」

カシムはほっぺを押さえて立ち尽くしている。ぶるぶると、手といわず足といわず、全身を震わせている。

「お、オレ……、クレアに、チューしてもらえた……」

カシムの声が感動に震える。

「ほっぺね、ほっぺだからね？　……カシム、きーてる？」
「や……、やったぁ！　うおー！　うおー！　うおおおぉーっ！」
「あっ、ちょっ……、カシム……！」

カシムはその場で駆け回った。
そしてその勢いのまま、どこかへ走り去ってしまう。

「あっ、もうっ……。カシムってば。あんなことくらいなら、べつに券使わなくたって、してあげるのに……」

カシムを見送って、クレアはそんなことをつぶやいている。

その顔が、たまたまこっちに向く。

繁《しげ》みに隠れている面々と、視線が、ばっちり重なる。

「やだ！　みんな見てたの！」

皆は、折り重なるようにして、ずっこけた。

気づいてなかったんかい。

「心配して、見守ってたんだけどね……」

アーネストが、そう言う。

「みまも……、なんで？」

「なんか疲れたわ。帰る……」

アーネストは、ぼそっと、本当に疲れた声で、そう言った。

「あっ、はい」

ぞろぞろと、アーネストのあとを、みんながついていった。

「ブレイド君たちは？」

残っているのはブレイドとサラに、クレアが聞く。

「えっちなお願いって、どんなんだー？　って思って見てたけど」

「けど？」

「べつにえっちじゃなかったなー、って」

「そうだねー」

クレアは笑った。

「カシムさん、とっちめなくて済みました」

サラも笑う。

その時、どこか遠くから、遠吠えのような声が聞こえてきた。

「うおー！」

カシムの雄叫《おたけ》びだ。

「うれしかったみたいだな」

「もう、カシムってば……」

クレアは、ほんのすこし顔を赤くしたのだった。

○SCENE・Ⅸ「その後の二人」

いつもの試練場。いつもの午後の実技教練。

「じゃあ、手近な二人で組んでもらうわよ。いま言った型を、攻め側と受け側で交互にやるから。はい。組んで組んで」

女帝《エンプレス》が、ぱんぱんと手を打ち鳴らす。

近くにいる者同士で、それぞれペアを作る。

クレアは、いつものイェシカがどこかに姿を消しているので、誰か他の人を探そうとして

——たまたま近くにいたカシムと、目が合った。

「あっ、カシム……、えっと……、く、組む？」

「おっ、おう……、その……、く、組もうか？」

二人は、顔をわずかに赤くさせて、向かい合って構えた。

「あの二人、なんかぎくしゃくしてるわよねー」

「そうか？」

そんな二人を見ながら、ブレイドとアーネストは、そんな会話をしていた。

「あたしー、余っちゃったんでー。ブレイドくん、組んでくれない？」

「おう、いいぞー」

声をかけてきたイェシカに、ブレイドは嬉々として応じた。

超生物は、のけものにされるのが常なのだ。誰もコンビを組んでくれない。例外はアーネストぐらい。

それが今日はイェシカから誘ってくれた。わりと嬉しい。

「えっ、ちょっ――ブレイド、わたしと組むでしょ？」

「いっつもおまえと組んでるから、今日はイェシカと組む」

「ブレイドくん、お借りしまーっす」

「じゃあなー」

「あっ——ちょっ待ってぇ！」

追いすがろうとするアーネストのまえに、のっそりとクレイが出てくる。

「なんか俺、あぶれたんだけど……」

「もうっ！　びしびしやるからね！　覚悟しなさいよ！」

「ええっ——！　なんか俺、とばっちり食らってるーっ!?」

試練場の別の一角では、クレアとカシムが練習をしている。

「じ、じゃあ……、クレアから、こいよ」

「か、カシムからで……、いいよ？」

「クレアからでいいって」

「カシムからだよぅ」

二人の間に漂う空気は、どこか、いつもとは違っていたのだった。

あとがき

えー、新木《あらき》です。

前巻のあとがきでは、「アニメ化企画進行中～!!」とお伝えできていましたが、今巻では、帯にも書かれているように、「アニメ化決定～!!」とお知らせすることができました。

今後も続々と情報が出てくると思います。乞《こ》うご期待。


ところで、今回の一三巻。短編を集めた短編集的な構成になっています。

短編ネタというのは、時間と共に、どんどんと溜まってしまうものでして……。


普段の『英雄教室』の構成ですと、序盤～中盤に短編が数本あって、後半～終盤は一本の中編が占《し》めているという形が多いです。でもそれだと三本ずつしか消化できないのですねー。

今回は七本盛りになってます。

短編ネタ帳のストックのうち、「書きたい順」の上位にあったものは書くことができました。

ネタ帳にはまだまだたくさん短編ネタがありますけど。

ところで話は変わります。前回一二巻から登場している下級生五人組、通称――〝魔法少女隊〟の女の子たちですけど。

じつは彼女たちって、コミックスのほうで誕生したキャラなんです。

ソフィ・シスターズが襲撃してくる話。小説版では四巻の第二章「ソフィ」ですが。文中では「下級生の魔法部隊」ぐらいしか表記のなかったところに、コミック版では、岸田《きしだ》こあらさんが個性的な女の子たちを登場させてくれました。一回きりのモブキャラでは、もったいないぐらいに魅力的だったので、原作小説に逆輸入させていただきました。そうしてできた話が、一二巻の第四話「魔法少女隊」というわけです。んでもって、その「魔法少女隊」は、コミックスでも第四六章としてコミカライズされています。逆輸入の再輸出？

五人のうちのカレンとレヴィアは、イライザとレナードの妹分となって、今巻にも登場していますね。今後もメインヒロイン勢の妹分として、小説側に、ちょこちょこ登場する予定です。

あと、まだ原作には影ぐらいしか登場しておりませんが――。「カシム親衛隊の残党。もと親衛隊長のツインテの女の子」もまた、コミックからの逆輸入の娘でして……。

彼女は、次巻あたりで出番があるかも？　カシムの紋章《もんしょう》にまつわる騒動の話で、中編を想定しています。その話では、サブヒロイン？　いやメインヒロイン？　――を務める予定です。

それでは、また次巻のあとがきでー。

ダッシュエックス文庫

英雄教室13

新木 伸

2022年7月27日 第1刷発行

★定価はカバーに表示してあります

発行者 瓶子吉久
発行所 株式会社 集英社
〒101−8050 東京都千代田区一ツ橋2−5−10
03(3230)6229(編集)
03(3230)6393(販売/書店専用) 03(3230)6080(読者係)
印刷所 大日本印刷株式会社

ISBN978-4-08-631479-4 C0193